放課後のアディリシア

百億の魔女語り外伝

竹岡葉月

ファミ通文庫

contents

口絵・本文イラスト／中山みゆき

Episode.1
魔術書戦争

1

「もってあと二カ月、ですね」

女の言葉に、男は息を呑《の》んだ。

「あなたの運気は上昇中です。けれど、永遠というわけではありません。運気のピークは二カ月後。それ以降は急激に下降するでしょう。大きな計画を実行に移す際には、慎《しん》重《ちょう》に慎重を重ねて――」

「冗談《じょうだん》じゃないぞ！」

男はかき消すように叫《さけ》んだ。

そこは照明をおさえた小さな部屋だ。艶《つや》めいた丸テーブルの上の燭台《しょくだい》と、出入り口の壁《かべ》に据《す》え付《つ》けられた小さな薄青いランプだけが光源だった。

女は時代がかった黒のドレスに薄衣《うすぎぬ》のベールをまとい、テーブルに置いた水晶《すいしょう》をなでている。

「は、春にはな、大事な選挙があるんだ。今いくら良くても意味がない。その先だ。どうにか延《の》ばせないのか」

「できません。私に視《み》えるのは、あなたの運命の流れだけ」

男はさらに顔色をなくした。

ここ『月光《げっこう》』は、首都カイゼルの官庁街、キングス・シティの端《はし》に位置する会員制クラブである。他の店と同じく酒も娯楽《ごらく》も提供するが、一番の売りは占《うらな》いだ。店でとりそろえた腕利《うでき》きの占者《せんじゃ》の答えを聞きに、名のある議員や高級官僚《かんりょう》までもがつめかける。今ここにいる男も、そんな迷いを抱え答えを求める一人ではあった。

「この――役立たずの占い師風情《ふぜい》が！　金を返せ！」

「ちょっと、やめて――ネイバー！」

たかぶる感情のまま、男が女のベールを引きはがそうとする。女が悲鳴をあげて助けを求める。

「ラ・フス・タス」

その瞬間、男の真新しいカフスボタンが床《ゆか》に落ち、遅れて手首に一直線の傷が浮かび上がった。

「な……」

傷はごく浅い切り傷だったが、男はおどろいて女から手を放した。

小部屋のカーテンの陰《かげ》から、店の用心棒が顔を出していた。

派手な柄《がら》入りのシャツ一枚に、穴の空《あ》いたジーンズという軽装だが、手に持つ杖《つえ》は立派な武器だ。銀色に光る展開杖《てんかいじょう》は、当世《とうせい》の魔術師《まじゅつし》の証《あかし》である。甲種《こうしゅ》魔術の発動にかかせない道具なのだ。

たとえ燭台の明かりに浮かび上がった顔だちが、まだ年若い少年のものであったとしても、使いこんだ杖の存在感の方が遥《はる》かに大きかった。

男はまるで銃《じゅう》をつきつけられたように一歩下がった。

「な、なんだね。私はただこの女の妄言《もうげん》をいさめようと――」

「はいはい、そこまでですねー、お客様」

さらに後ろのドアからは、店の支配人まで現れた。

折り目正しいタキシード姿で、浮かべる表情は底抜けの営業スマイルだ。

「――えー、はじめにご説明申し上げた通り、当店では占者への暴言、暴力などといった迷惑行為《めいわくこうい》のいっさいを禁止させていただいております。問題行為が発見されしだい、すみやかに対処することをご了承《りょうしょう》ください――というわけでネイバー君」

「わかってるって」

話をふられた少年は、あらためて持っていた展開杖を、狭《せま》い個室の床へと突き下ろした。

「おい、ちょっと待て、落ち着いて話せばわかる。私は下院議員の――」

「アズ・サズ・ズ・ルゼ・イ」

男は悲鳴をあげた。

整髪料《せいはつりょう》で固めていた髪が、なんの前触《まえぶ》れもなく脳天から燃えはじめたのだ。

「当店はこういうとこ容赦《ようしゃ》しませんので、あしからず」

「あじ、あじじ、熱、誰《だれ》かおい、おおおおおい！」

「またのご来店をお待ちしております――」

小部屋の中が、炎《ほのお》で一時的に明るく輝いている。ベールを剥《は》がされかけた占い師の、どこか冷めた厚化粧《あつげしょう》も浮かび上がっている。誰が来店してやるかと思う状況でも、支配人はにこやかに微笑《ほほえ》み続けていた。

三度目のエーテル・コードが、少年によって詠《よ》み上《あ》げられた。今度は加熱から一転、急速冷却の甲種魔術だ。そうしてみごとに頭頂部だけを焦《こ》がし尽《つ》くされた男が、雪のふりしきる『月光』の裏口へと叩き出されたのであった。

少年には、今のところ名前が二つある。

一つは親からもらった名前だ。今も鞄《かばん》の中の学生証には、魔術学院《アカデミカ》の学生番号とともに記されている名ではあるが、この店の中ではさらしたことがない。もっぱらもう一つの呼び名、『隣人《ネイバー》』の方で呼ばれている。顔がそのへんにいそうな感じだかららしい。

「やあ。お疲れさん、よくやったよネイバー君」

各占い師たちの個室と、店の事務室は細い通路で繋《つな》がっていた。占い師に手を出したおっさんを退店させ、商売道具の杖を放って長椅子《ながいす》に腰をおろしたところで、さきほどの支配人が戻ってきた。

軽い笑顔が商売道具の、うさんくさいこの店の雇《やと》われ支配人だ。

「毎度適当だけどね」

「問題ないよ。うまくなったもんだね、最初の頃に比べれば」

「そりゃどうも」

「数をこなすのが成長の早道ってことだねえ。いやあ僕もいいこと言うなあ」

どことなく皮肉な気分になる。

薄い壁を通して、フロアの演奏と歌手の辛気《しんき》くさい歌声が響いていた。占いをする個室に漏《も》れることがないよう気は遣《つか》っているが、他はどうしたっておざなりだ。しょせんは数ある風俗店《ふうぞくてん》の一つに過ぎないのである。

ネイバーは大きくあくびをした。

「まだ昼間は学校の方、通ってるのかい？」

「一応ね。ばれない程度には出てるよ」

「頭が下がるねえ勤労《きんろう》少年」

どうだろうとネイバーは思う。

けっきょくは踏ん切りが付けられない未練《みれん》なのかもしれない。

おそらく卒業など望めない状況で、それでも申し訳程度にテストや授業を受けに行くことに何か意味があるのか。単なるカモフラージュ以外に意味などないと言われればその通りだ。

支配人は事務机《じむづくえ》の席についた。安っぽい笑《え》みはそのままだ。

「僕はてっきり、『シスター』と一緒に君も辞めるかと思ってたよ」

「いや、それはないし」

「うちとしちゃありがたい限りだけどねえ」

それだけはないのである。

この店の看板占い師にして、ネイバーの相棒であった少女が、倒れて入院したのは一月ほど前の話だ。

こちらはそれでも魔術学院《アカデミカ》に黙《だま》って、用心棒のバイトを続けている。彼女が再び目覚めた時、満を持して計画を実行に移せるように。店のオーナーには恩を売っておかなければならないのだ。

「もういっそさ、学校の方を辞めてしまえよ。すぱーっとさ。そうしたら正式にうちの護衛《ごえい》として雇ってあげようじゃないか。給料も上げてやるし寝る場所も完備——お、寝るのかい少年」

「ごめん十分だけ。なんかあったら起こしてよ」

それだけを言って真横に倒れた。

まったく卒業したら街の電気屋に勤めるのだと思っていた、少し前の自分に言ってやりたい。

お前の予想は全部外れる。

苦手なものは少しだけ減る。

あとはあれだ。見た目だけは楚々《そそ》とした、ちょっと可愛《かわい》い乙研《おつけん》の部長にだけは気をつけろ。

絶対だぞ、ジノ・ラティシュ。

2

——お宅のお子さん。ジノ君でしたっけ？　今はどこに通ってるの？　まーっ、カイゼル魔術学院《アカデミカ》？　三年生？　すごいわねえ。あとちょっとで魔術師ってことじゃないの。うちの扇風機《せんぷうき》が壊れたら直しにきてね。洗濯機《せんたくき》でもいいけど。もう将来安泰《あんたい》で自慢《じまん》の息子《むすこ》さんがいて羨《うらや》ましいわあ。

——おほほほ、そんなことありませんわよ。いつでも使ってやってくださいなこんな愚息《ぐそく》でよろしければ。

実家の玄関先で母親が自慢げに立ち話をしているのを聞くたびに、ジノはむずむずといたたまれない気分になった。

頼むから母さん、そんな安請《やすう》け合《あ》いしないでよとか。魔術師の仕事は洗濯機を直すことだけじゃないんだよとか（それはもう、最近の家電製品はなにかしら甲種魔術の技術が織り込まれてはいるけど。なんというかその、はじめの志《こころざし》の問題として。いろいろセンシティブな問題として）。

なにより将来は安泰という言葉。これが一番よろしくない。

幼い頃から塾《じゅく》に通い続けて、ようやく魔術学院《アカデミカ》の入学許可を貰《もら》って上京したところで、中に入ってしまえばまた競争がはじまることをおわかりだろうか。

入学時のパンフレットには書かれていないが、学院の進級率は六十五パーセントだ。学年が上がるたびにクラスメイトは減っていき、基礎《きそ》科の三年になった時は予定表にないクラス替えも体験した。脱落者が出すぎたクラスをばらして再編成したからだ。

今さら遅いアドバイスかもしれないけれど、安定した息子が欲しかったのなら、魔術師より医者か弁護士あたりを目指させるべきだったんだよ母さん。

一方で学院の厳しさをことさら持ち上げて、なんの自由もない軍隊生活のように言う人もいる。それもやっぱり間違っているよとジノは思う。


「――あと十秒！」

校庭の真ん中に、杖をかまえた生徒が二人。うち、一人はジノ。

いわゆる芸能人に似ていると言われたことは一度もないが、ご近所や親戚《しんせき》に必ず一人は似た顔の人間がいると言われて親近感を持たれるタイプの平凡《へいぼん》顔の持ち主だ。学院指定のトレーニングウエアに身を包み、金属製の細い杖の先端《せんたん》を軽く地面に向けたまま、乱れた呼吸を整え中。

「こらジノ！　死ぬ気で行けよー！」

「クラウズもがんばれ！」

杖は中央に野暮《やぼ》ったい滑《すべ》り止《ど》めのついた学生用の展開杖で、この握り心地はジノたちにとっては日常だ。なんだかんだと言っても指の付け根には、これを握るのに最適化されたタコができている。

競技線の向かいにいる相手もまた似たりよったりの服装と姿勢で、『命《たま》ぁとったるで』と言わんばかりにこちらを睨《にら》みつけている。

首都カイゼル。アーマント島の摩天楼《まてんろう》は、今日も林の向こうにけぶっている。ここ第一グラウンド周辺は、同じ学院生たちのヤジと歓声が飛びかっている。

「──四、三、二、一、スタート！」

ああきた！

この瞬間が一番嫌いだ。ジノはできることなら回れ右して逃げだしたいといつも思う。

主審の宣言《せんげん》と同時に、時計回りに駆け出した。頭の中で考え唱えはじめるのは、奇跡《きせき》の基礎となるエーテル・コードだ。

大陸で魔術の近代化がはじまって百年。この世に顕《あらわ》れるありとあらゆる奇跡的な現象は、地中に含まれるエーテルという物質が作用することによって生じるのだと言われている。ジノたち魔術学院《アカデミカ》の生徒が主に学んでいる魔術は、コレを自在に操ることを目的に開発されてきた甲種魔術である。

（なにで来るかな、なにで来るかな、火、水、雷《かみなり》——？）

理論と実践《じっせん》。基礎に応用。実験やテストに追い回される一方で、学んだ技術を実行できなければ意味はない。よって戦闘《せんとう》専門の魔術師になるつもりはなくても、護身や攻撃用のエーテル・コードの組み立て程度は教えられる。ルールに則《のっと》った試合形式のテストだって存在する。具体的に言うならジノが今やっている、『基礎体育Ⅲ』のテストなのだこんちくしょう！

「クシル・イルエル・クル！」

ジノより先に、対戦相手の方のエーテル・コードが詠み上がった。杖の先端が、勢いよく地を叩いた。

杖と地面の接点から、紅蓮《ぐれん》の炎が吹き上がる。

（火炎の合成――！）

コードの響きは一見でたらめに聞こえるが、基本は古くからある呪術《じゆじゆつ》の呪文《じゆもん》の改造である。ディフェンスとオフェンスを交代しながら魔術を撃《う》ち合《あ》うのがここでのルールだ。オフェンス側が生み出した炎の蛇《へび》が、ジノに向かって突き進んでくるのを横目に入れながら、ディフェンス側のジノは必死に対応を練《ね》り直《なお》す。

（求めるは一陣《いちじん》の烈風《れつぷう》。風速四十マイル以上。方向は二時）

この文面を徹底的にばらす。一音一音、母音《ぼいん》と子音《しいん》に分けて混ぜて、少しでも威力《いりよく》や精度を上げていく。それがジノたちの使うオリジナルのエーテル・コードになる。

（N抜いて速度二パーセント上昇。S足して全体調整。R足してDとA混ぜて早く早く早く――）

できた！

「イルウズルス・ル・ダ・ルー！」

ジノが杖で校庭を叩くと、地中のエーテルが反応した。ジノの周りの空気が急激に移動をはじめ、強風となって襲《おそ》いかかる火炎を吹き散らす。

（やった！）

周囲でも歓声が上がったほどの、完璧《かんぺき》な構成の防御《ぼうぎょ》の風だった。が——その後もおさまらずに威力を増し続けた。

「ごめんやばい避けて！」

「はあっ!?」

警告したが遅かった。向かいの対戦者が、生まれた突風に巻き込まれて吹き飛んでいく。

「あ————」

そのまま少年は紙くずのように飛んでいき、競技線のはるか後方の芝生《しばふ》に頭から落ちた。落ちてしまった。

「し、勝負あり！　勝者ジノ・ラティシュ！」

主審の少女があわてて手を挙《あ》げ笛《ふえ》を吹いた。

「カウンターかよ。やりすぎだぞジノ——」

またやってしまった。この馬鹿《ばか》。ジノは競技線内に入ってくる友人たちに目もくれず、落ちた対戦者めがけて駆け寄った。

「すいません。だ、大丈夫ですか？」

相手は爆風と落下の衝撃で気を失っているようだ。ジノは真面目《まじめ》に謝《あやま》ろうと思ったが、その額《ひたい》ににじんだ赤い血の色を見た瞬間、それどころではなく力が抜けた。

「はらほれひれふあ」

「おいどうした――――っ！」

ジノ・ラティシュ。カイゼル魔術学院《アカデミカ》基礎科三年在籍中。嫌いなものは流血・甘いもの・靴《くつ》に張り付いたガム。

まるで乙女《おとめ》のようにぶっ倒れた。


その貧血癖《ひんけつぐせ》だけはどうにかしないとねえ。

ベッドで休むジノを見下ろし、ため息まじりな校医と指導教官の会話が忘れられない。

試合《テスト》には勝ったが、授業自体を途中退場するはめになり、ジノは放課後になっても追試がわりのレポートを書き続けるのである。

「……血が怖いのに魔術師を目指す。ジノ君、矛盾《むじゅん》してるわ」

「悪かったですね……」

「珍《めずら》しいにもほどがあるの。まるでベジタリアンのライオン。高所恐怖症の鳩《はと》。味オンチの料理人。海が好きなナメクジ。よくここまで生き残ってきたっていうか」

部室で草稿《そうこう》を作ろうとしたのは、間違っていただろうか。

ジノとしては、図書館の学習室が混んでいたので避難してきただけなのだが、先住民に娯楽のネタを与えただけになってしまったようだ。

ここはジノが一週間前から所属することになった『乙研』こと、乙種魔術研究部の部室である。昼行灯《ひるあんどん》な顧問《こもん》が一名、ヘンな部長が一名、ジノというヒラが一名というていたらくの割に、実験棟《じっけんとう》の片隅《かたすみ》にあてがわれた教室はそこそこの広さがある。こうしてレポート用紙を広げる程度のスペースは充分《じゅうぶん》にあった。

もっとも、そのスペース以外は古書やガラクタに占領《せんりょう》され、毒《どく》を吐《は》いている人間の顔すら見えないけれど。

今も窓からの日差しを避けてうずたかく積まれた本の城塞《じょうさい》の隙間《すきま》から、『彼女』がいる気配だけが漂ってくる。

「……べつにいいよ。力に訴《うった》えるだけが魔術師じゃないんだし」

「へえ、たとえばどんな？」

「け、研究職で就職するとか。魔導具《まどうぐ》の開発やってるとこなら、甲種魔術師の資格は必須じゃないか」

「なるほどすばらしいプランね。K&Gホールディングスとか？」

「そうそこだよ」

「そこに入れるぐらい優秀な人間は、そもそも基礎体Ⅲの単位レベルで苦労しないという正論言ってもいい？」

「もう言っちゃってるじゃないか！」

「ごめんなさいアディ正直なの。浅はかなボケには鉄槌《てっつい》なの。本能なの」

「ボケたつもりはちっともないけどね！」

「でもやっぱり浅はかだわジノ・ラティシュ君」

本の城塞の一部が、住人の身動きに合わせてどさりと床に崩《くず》れ落《お》ちた。できた隙間に、起き上がった彼女の長い髪が見え隠れしている。

アディリシア・グスタフ。愛称アディ。

ちょっとぎょっとしたのは、いつもは綺麗《きれい》に着込んでいるはずの、制服が乱れていることだった。いや、もっとぶっちゃけて言うなら着ていなかった。シンプルな白いレースのシュミーズ一枚、なのである。

「なんで脱《ぬ》いでるんだよ！」

まるで子供のようにほっそりとした体つきではあるが、着ていないとわかれば脈拍《みやくはく》は速くなる。

「簡単よジノ君。あなたも着てみればわかるけど、うちの女子の制服ってとってもお昼寝にむいてないの。固くてごわごわ」

彼女は慌《あわ》てず騒《さわ》がずそのへんに放っておいたジャンパースカートを引き寄せ、頭からかぶった。続いて右手、左手の順番で袖《そで》を通す。リボンと襟《えり》の胸当てはまだ手つかずのままだ。薄い胸のふくらみが見えそうで見えなくて、なんとも言えぬ生殺し具合。

寝起きの重たい体をもてあますように、アディは本にもたれてこちらを見上げてくる。

「ねえジノ君。いくら甲種魔術ができて魔術師の進路の幅が広がったって言ってもね、魔術師の本領は肉体との対話よ。血液は魂《たましい》と同一視されて、世界に満ちるエネルギーを運ぶ媒体《ばいたい》だと信じられてきたの。高次の生命体との契約に血はかかせないし、女性の経血はあらゆる地域でエネルギーの象徴《しょうちょう》だと思われてきたわ。正負どちらの意味にもね」

「いやあのね」

「そうそう、血と言えばこの間おもしろい文献《ぶんけん》を見つけたわ。征海諸島《せんかいしょとう》のとある部族の長《おさ》はね、死んでしまった妻の復活を信じて、配下の呪術師《ソーサラー》に生《い》け贄《にえ》の儀式《ぎしき》を命じたそうなの。彼らが用意したのは、近隣の島という島からかきあつめた大量の罪人よ。全部で五百名。処刑による恨《うら》みや怨嗟《えんさ》の声が、より強力な『生』の儀式の後押しになると考えたの。儀式の当日、部族の聖殿に集められた五百人の罪人は、次々に体を切り裂《さ》かれて、血と臓物《ぞうもつ》ごと族長の妻たる遺体《いたい》へと捧《ささ》げられたわ。その後は川を通じて海の中へと流れこんで、一帯の珊瑚礁《さんごしょう》を赤く染めたそうよ。ベニショウチョウサンゴの由来はここから来ているの。赤くて小腸《しょうちょう》そっくりで――」

「もういい！　いいから！」

ジノはたまらず割って入った。

「儀式は成功したのかしらね」

仮にも若いお嬢《じょう》さんが平気な顔で血だの生け贄だの臓物だのを連呼《れんこ》するんじゃない！

「ほら。基本的にジノ君は恐がりなのよ。本物を見なくてもこれだもの」

くすりと微笑む様は、客観的に見れば可愛らしいのだろうが毒もあった。何しろリンゴのように手の中でもてあそぶものと言えば、真っ白に輝く髑髏《どくろ》のレプリカだ。

のぼりかけていた血も、これですっかり冷めてしまった。

いかにも華奢《きゃしゃ》で色白で、涼《すず》しげな容貌《ようぼう》も含めて学内では楚々とした優等生として通っているはずだが、ここで浮かべる表情は千年前から生きている吸血鬼《きゅうけつき》のものだ。

彼女はべつに、死体や骸骨《がいこつ》が大好きな変態的嗜好《へんたいてきしこう》の持ち主というわけではないらしい。怪《あや》しい宗教にのめりこんでいるわけでもないはずだ。むしろその逆。そんな興味深いものがあるなら真剣に首をつっこんで観察をはじめるだろう。

魔女《まじょ》の魔女術《ウィッチクラフト》。呪術師の呪法。呪《のろ》いに占い。

百年前にエーテルが発見されるまで、大陸全土を席巻《せっけん》していた古い魔術は、そろって乙種《おつしゅ》魔術という分類を与えられて風化をはじめている。そしてアディリシア・グスタフは、新しい魔術の甲種魔術が全盛となったこのご時世に、わざわざ乙種魔術の研究にどっぷりつかろうと決意を固めた変わり者だった。

「……部長は乙種魔術オタクだもんな……」

「その認識は間違っているわジノ君」

ぼそりとつぶやくジノの独り言を、アディはごくきまじめに訂正《ていせい》する。

「私はこの世界の仕組みを正しく知りたいだけなの。その題材に乙種魔術の解析《かいせき》が最適だからチョイスしてる限りよ」

「はいはい」

「ジノ君も乙研部員として自覚を持ってね？」

頭蓋骨《ずがいこつ》片手に小首をかしげられても困るのである。

儚《はかな》げな美少女と名高かった彼女とお近づきになれたのは嬉《うれ》しかったが、中身の方はあまり知りたくなかったかもしれない。

綺麗で、毒舌《どくぜつ》で博識《はくしき》でつかみどころがなくて。

「でも実際、その性格さえなかったら戦闘系の魔術が一番うまくて筋がいいっていうのが教官たちの見解らしいけど？」

「……ただの偶然《ぐうぜん》だよ」

「ディフェンスからカウンターで一撃昏倒《こんとう》って本当？」

相手を叩きのめしたりするのは、どうやったって慣れないし好きになれない。

でもそれ以外の成績は平々凡々。K＆Gのような大企業に入るあてもない。

ああ、考えると鬱《うつ》になってくるじゃないか。

「……いいよもう。普通に入れるとこに入るさ」

「町の電気屋さんなんていいかしら」

「ああそうだね、最近は家電製品でも甲種魔術の技術がけっこう入ってるらしいし……」

「美人じゃないけど気だてのいいお嫁《よめ》さんもらって」

「子供は二人でマイホーム買って」

「パパー、肩車してー」

「日曜日には礼拝《れいはい》と家族サービス」

「あなたー、バーベキューの準備はできた？」

「ああ疲れるけど最高だ、ね──」

言いながらはっとした。

これでは母とお隣《となり》さんが立ち話していた未来そのままではないか。

「僕ってやつは……！」

「本当におもしろいわジノ君」

見える。作業服に工具箱と杖をかつぎ、家々の洗濯機や掃除機《そうじき》を修理して回る未来の自分が見えすぎる。毎月の小遣い額と麦酒《ビール》の銘柄《めいがら》までばっちりだ。

「あらどこへ行くの？」

「購買《こうばい》行ってくる。レポート用紙切れたし」

「そう。じゃあついでにトマトジュースも買ってきてもらえる？」

「……好きなの？　トマトジュース」

「ええ。血の味みたいだから」

ニコッと微笑む彼女は、やはり少々陰険《いんけん》だった。


（……ほんとにあったよトマトジュース）

目的通り校内の売店でレポート用紙を買い、ついでに軽食コーナーでトマトジュースが本当に売っているか確かめてみて驚いた。本当に売っていたうえ、お値段、しめて三ルド六シルグなり。しかもけっこうな人気商品らしく、ジノが見ている間にも、徹夜明けらしい専科の研究生がありがたそうに瓶入《びんい》りの赤い液体を買って一気飲みしていた。

とりあえず約束は約束なので一本だけ購入。

「血の味がするって……もう飲めないじゃないかトマトジュース……」

ぼやきながら、部室がある実験棟へ引き返す。

売店が入っている学生ラウンジの周辺は混んでいたので、思い切って真ん中の人工林を突っ切ることにした。

林は農学専攻の研究生たちで管理していて、魔術による土壌《どじょう》改良と、樹木の早期育成が目的の試験林だと聞いている。一見雑然としていると見せかけて、木の一本一本に識別プレートが付いているから注意が必要だ。隣接している池とあわせて、誰がどんな研究をしているかわからないので、入るのは自由だが悪戯《いたずら》は厳禁だった。

ジノが買ったトマトジュースも、同じ農学専攻の実験農場で採れたトマトで作ったオリジナル商品らしい。

（部長もなあ）

あの猟奇的《りょうきてき》な性格さえ和《やわ》らげば、もう少しとっつきやすい感じになると思うのだが。いったいどこをどう間違うとああなってしまうのだろう。

「ジノ・ラティシュだな」

まさか本当に吸血鬼の家系だろうかと思っていた時だった。

林道の出口に、男子学生が二人立っていた。

「ジノ・ラティシュだな」

再び訊《たず》ねてくる。

いやに不穏《ふおん》な雰囲気《ふんいき》なのは、彼らがその手に、剥《む》き出《だ》しの展開杖を握っているからかもしれない。普通ならケースに入れて持ち歩くものなのだ。

「違うか。そうか。一言で答えろ」

「そ、そうですけどなにか」

「賢人会議《けんじんかいぎ》実行班だ。拘束《こうそく》する」

ジノが何事かと思って後ずさった瞬間、ガンと後頭部に衝撃が走った。

魔術ではない。物理的な力で殴《なぐ》りつけられたのだ。ジノはたまらず膝《ひざ》をつき、二撃目で本当に倒れ伏した。

「殺《や》ったわ。早く連れていって。人目につく前に」

「了解ですメリエル様」

死んでない死んでない死んでない。

囮役《おとりやく》の学生たちが、よってたかってジノを持ち上げはじめているが動けない。

なにより後ろから二度もぶん殴ってくれたお嬢さん。こんな囮まで付けて後ろから殴《おう》打《だ》って、魔術師の卵として一番卑怯《ひきょう》なやり方じゃないですか……？

＊＊＊

賢人会議という組織が、いったいいつできたのかはわからない。

甲種魔術の提唱者にして初代校長、ユスタス・ボルチモア先生が残したお言葉に、「若人よ、万物に触れ万物の理《ことわり》を識《し》る賢人たれ」というものがある。少なくとも、これにちなんだネーミングであることは確かだろう。

議会の参加者はナンバーズと呼ばれ、基礎科の学生の中から指名制で選出される。ある意味で成績優秀者で組織されるエリートサロンであり、数少ない学生側の意志決定機関なのだ。

小さいところは学食の新メニューから、学長の汚職疑惑《おしょくぎわく》という大きな議題にいたるまで、ナンバーズは真剣に討議《とうぎ》し、これを賢人の採択《さいたく》として公開した。

ナンバーズに選ばれるのは名誉なことらしいが、あいにくと声がかかったことは一度もない。ジノ程度の成績なら当然だ。この先もきっとそうだろうと――思ってはいたのだけれど。


「――あなたがジノ・ラティシュね」

殴打の果てにジノが連れてこられたのは、校舎の隅に建つナンバーズ専用のクラブハウスだった。

今まで遠巻きに眺めるだけだった栄光の御殿《ごてん》。しかし中をじっくりと拝《おが》む余裕はあまりない。何しろ一人で肘《ひじ》付《つ》きの立派な椅子に座らされ、目の前には自分を拉致《らち》した男たちやぶん殴ったお嬢さんがいるのである。

お嬢さんの方はカールがかった金髪に切れ長の瞳《ひとみ》の、いかにも気の強そうな女子学生だった。小柄だが出るところはしっかり出ていて、腕組みのせいで強調されたブラウスの盛り上がりっぷりが半端《はんぱ》ない。下品に見えないのは育ちの良さのたまものだろうか。ヘアバンドで丸出しにしたおでこを光らせ、彼女はしげしげとジノを『検分』している。

「結果として手荒な真似《まね》をすることになったのは遺憾《いかん》に思うわ。このわたしでも用心は必要だったから。でもずいぶんとあっさりやられたわね。口ほどにもないというか噂《うわさ》通りというか」

そのまったくひとかけらも悪びれない、平気で急所を突く物言いはまだいい。最近どこかの誰かさんのせいでだいぶ慣れたので問題はない。

むしろ問題なのはこちらだろう。

「やっぱりあなた、いいように利用されているだけなんじゃない？」

「……というかあなた誰……なんですか……？」

素朴《そぼく》な疑問を口にしたら、相手の顔色が一気に変わった。

「なんですって⁉」

「あの、すいません。賢人会議の方ですよね」

「そんなのは当然よ。こんなところに連れて来てそうじゃない人間を探す方がレアすぎるわよ。馬鹿？　愚民《ぐみん》？　愚民なのね？」

彼女はわざわざ一歩下がり、豊かな胸をさらにそらした。

「いいこと。わたしの名はメリエル・ラヴィーン。基礎科三年にしてナンバーズの7。ラヴィーン家当主の息女にして入学式では新入生代表のスピーチも務めたわ」

「はあ……」

「どんな節穴《ふしあな》な目をしてるのよ」

殿上人《てんじようびと》すぎて目に入らなかったのだろう、たぶん。

「メリエル様。こんな愚民をまともに相手する必要などありませんって」

「そうですよ。いっそ始末するなら俺《おれ》が」

「いや自分が是非《ぜひ》！」

「ほんとすいませんすいませんすいませんすいません」

殴られた上に何を謝りまくっているのだろう、自分は。

しかしこのままではよってたかって抹殺《まっさつ》されそうな勢いである。

「――まったく。グスタフが新しい部員を入れたって言うから、どんな人間かと思えば

「……」

けれどジノは、そうやって取り巻きと一緒に嘆《なげ》くメリエルが、気になる名を言ったのを聞き逃さなかった。

「部長が、何か……？」

メリエルは、すんと鼻を鳴らしてジノを見下ろした。

「あら。もしかして知らぬは本人ばかりって？」

どういう意味だろう。

動けないジノの鼻先近くに、メリエルはあらためて顔を寄せる。広くて賢そうな額がより目立つ。

「あなたね、ようするにあの女のさぼり癖《ぐせ》のだしにされてるのよ」

「さぼり――」

「そうよナマケモノの愚民だからあれは。ずーっとわたしたちナンバーズが招喚状《しようかんじよう》を送り続けてるのに、つまらない理由で逃げ回っているのがあの子なの。このわたしが部員数一名の部活動なんて拒否《きよひ》の理由になんてならないって言ったらご覧なさいよ、三日後には新しい部員を連れてきてるんだもの。つまりあなた」

「僕は――」

ジノは思わず言いよどんだ。

「不満？　何か言い返せる？　乙種魔術が得意だったとは聞いていないけど」

「あのね、メリエルさん。あまりつまらない言いがかりでジノ君を混乱させるのはやめてくれる？」

温度の低い呼びかけが、ジノたちの会話を断ち切った。

部屋の戸口に、どこか眠たげな顔つきのアディリシアが立っていた。

「部長！」

「アディリシア・グスタフ！」

「ジノ君。トマトジュースまだ？」

メリエルが、噛《か》みつかんばかりの勢いでアディリシアを睨みつける。

「ふっ、ついに来たわね、グスタフ。さぼり魔の第二愚民。さすがのあなたも大事な新入部員を押さえられれば、黙って見過ごすことはできなかったようね」

「だってメリエルさん、部員増やさないと部として認めないなんて言うんだもの」

「いくら必死なそぶりをしてみせたところで、ジノ・ラティシュがナンバーズ逃れの水増し要員なのはお見通しよ——って、あなたっ！」

究極の外道《げどう》を見る目でメリエルがアディリシアを凝視《ぎようし》する。

まさか自分から水増しを認めるとは思わなかったようだ。

一番どうしていいのかわからないのは、そこで『水増しです』と太鼓判《たいこばん》を押されてしまったジノかもしれない。

（いや、そりゃ入ったのはほとんど成り行きだったけどさ）

アディリシアは楚々としたたたずまいのまま、平然と立っている。メリエルは三発ぐらい張り手をくらった後のような顔をしている。

「部活動というのは、同じ志を持つ人間が切磋琢磨《せっさたくま》して……」

「理想と建前《たてまえ》よメリエルさん。いくら不倫《ふりん》の純愛カップルがいたって、不倫は不倫。家で惰眠《だみん》をむさぼるトドのような妻の方が離婚調停《りこんちょうてい》では強く出られるのと一緒よ」

「どうして不倫と離婚が前提になってるのよ！　普通にパートナーを愛しなさいよ！」

「私はいつでも準備ＯＫだけど、カレがなかなかその気になってくれなくて」

「その気ってどの気？」

「呪術の実験台になってもらうとか」

「一生無理よ」

「だから大事なのは入部届け《エンゲージリング》なの。カタチの前に愛は無力よ。私の部室は守られたわ」

「う、うー！」

「あ、泣いた」

「……賢人会議に参加することはっ、持てる者の義務よ！　放棄《ほうき》することは許さないーっ！」

「べつに校則には書いてないと思うの」

「かいてなくてもっ。でるのっ。でゆのーっ」

べしょべしょと大粒《おおつぶ》の涙をこぼし、お子様のように泣きだすメリエル。完全に駄々《だだ》を

こねる幼児である。

「あー、泣かした」「メリエル様泣かした」「泣かした」——取り巻きも無責任にはやしたてる中、アディはごく静かに小首をかしげた。

「アディ困っちゃう？」

「……しょーやって、安穏《あんのん》と自分のことだけを考えて屁理屈《へりくつ》をこねていてごらんなちゃい。いつかなんて言わずになけなしの自由さえ失うことになるんだからっ」

その言葉を聞いたアディは、かすかに眉《まゆ》をひそめた。

「なにか起きたの？」

「ちっこーぶ——いいえ、学院の執行部《しっこうぶ》に知られる前に処理しなければいけないわ。学内で魔術書《グリモア》の写本が売買されているらしいの」


——魔術書。

——売買。

単語二つで、たっぷり十秒は黙りこんだ気がする。

「それって、もろ違反なんじゃゃ——」

うっかりジノは口を滑《すべ》らせてしまい、メリエルの鋭《するど》い一瞥《いちべつ》で口をつぐんだ。

魔術学院《アカデミカ》で得た知識や財産を無断で流出させるのは、学院の執行部によって固く禁じられている。それこそ学院に籍を置く人間なら、本能レベルで叩き込まれている禁止事項である。

過去の魔術師たちが、己の魔術の神髄《しんずい》を記した魔術書は、歴史的に価値がある以上にジノたちにとっては貴重な研究材料だ。甲種魔術を発展させる手がかりとなるし、呪術や魔女術《ウィッチクラフト》を抱える乙種魔術にとっては、そこに書かれていることが一級の資料になる。

それを勝手に複製した上、学内で売りさばく？

「……信じられない」

横でつぶやくアディリシアの言葉が、そのままジノの実感でもあった。

「信じられない——普通はそう思うでしょうね」

「ものは？」

「うちで調査したかぎり、『禁書』や『裏物』、国外からの輸入品まで混じってるそうよ」

「禁書も？『アーバンプリンス』や『炎帝の父』も複製されてるの？」

「そうよ。あの禁書中の禁書、『肢体《したい》改造論』まで。明るみに出ればどうなると思う？」

メリエルはアディに、ここまで調査してきたという取引品目のリストを手渡した。

さすがにアディリシアも、端整《たんせい》な柳眉《りゅうび》をひそめている。

ジノは後ろから、こっそり覗《のぞ》き込《こ》むしかない。

「ねえ、わかるでしょう。ただ実行犯が退学になるだけですめばいいの。これを機会に執行部は何をすると思う？　学生の自由は大幅に制限されるに違いないわ。ナンバーズが何年もかけて勝ち取った一級資料の条件付き貸し出しも、教員の評価権も、みんな剝《はく》奪《だつ》される。すべてが水の泡なのよ、アディリシア・グスタフ！」

メリエルは強く訴えている。ただ説得するべきアディだけを見つめている。

一方ジノは、アディの手にあるリストから、なかなか目が離せなかった。

（アーバン・プリンス……炎帝の父……肢体改造論……）

実を言うと、ジノの方はそこまで魔術書の知識があるわけではない。

教科書ではなく原典の魔術書と取っ組み合うのは、入って数年の基礎科の生徒では荷が重いのだ。マイナーな魔術書の名前がぽんぽんと飛《と》び交《か》うこの現場は、確かに優等生の集まりには違いなかった。

（アーバン・プリンス……炎帝の父……肢体改造論……）

なのになんだろう。この強《きょう》烈《れつ》なまでの既視感《きしかん》は——。

「……取引の場所は、つかめているの？」

「まだだけど。でも、必ず尻尾《しっぽ》をつかまえてみせるわ。一定の周期で取引が行われているみたいなの。くさいのは三年と四年の男子学生で、あなたの協力さえあれば——」

「でも、ちょっと待ってメリエルさん」

「なによ今さら」

ようやく話に乗ってくれたことが嬉しいらしいメリエルは、じれったそうに身じろぎした。

「その前にね、そこにいるジノ君の話を聞いてあげてくれる？」

「ええ？」

「何か言いたいみたいよ」

彼女の視線がこちらを向いて、ジノは慌てた。

「……あなた、何かわたしに文句でもあるの？　聞いてあげるから言ってごらんなさいジノ・ラティシュ」

「い、いえ。と、とんでもないです！」

アディリシアも人が悪い。何もこんな状況時に話をふらなくてもいいだろう。

でも一度思いついてしまえば、飲み込むのは無理だった。

ジノはつっかえつっかえ、話しだす。

「あの。ええとすいません。なんていうかその。たぶん僕……その取引が、次にいつあるかわかると思います」

「なんですって!?」

小綺麗なお嬢さんの顔が、いきなり大口開けて固まったので、ジノはさらに申し訳なくなった。

＊＊＊

その日は朝から雨だった。

まる一日降り続いた小雨は、放課後になっても止《や》む気配がない。

下校の準備や課外活動でにぎわう学生ラウンジや一号館周辺と打って変わり、人工林を挟んだ実験棟や専科棟の風景は静まりかえる一方だ。

ジノはその二つの建物を間近に臨む、実験棟二階のバルコニーにいた。

時折上から落ちてくる水滴を気にしながら、石造りの床にレポートパッドを広げて直座り。締めの文章と格闘していた。

「……以上の点により、今後いっそうの研究が期待される、と……ええと辞書はどこだ辞書は……てっ」

分厚い辞書が、ジノの頭上に落とされた。

「メリエルさん、むっちゃ痛いですよ……」

「レポート書きながら張り込みする人間がどこにいるのよ」

メリエル・ラヴィーンが、冷たいまなざしでジノを見下ろしていた。

彼女も別の棟で張り込んでいたはずだが、様子を見にきたようだ。

「あなたが言うから、念のため人を割《さ》いてるって言うのに」

「す、すいません。レポートの締め切りが明日までなんでつい……」

「グスタフは？」

「一度部室に戻ってます」

言いながらも、せっせせっせと文字数を稼《かせ》ぐ。今は一分一秒でも時間が惜しいのだ。

「……それ、なんのレポートよ」

「基礎体Ⅲです」

「なんで基礎体育でレポートなの」

「追試のかわりなので」

盛大なため息が振ってくる。

「……なんでグスタフもこんなのに執着《しゅうちゃく》して……」

「え、すいませんなんですか？」

「部室よね。しょせんは部室。それだけよ」

いかにも不機嫌な声。だがメリエルは、その後もバルコニーから立ち去らなかった。

「ねえ。あなたの方はどうなのよ」

「え？」

「あなたの部長よ。どうせ見た目の雰囲気に騙《だま》されて入部させられた口でしょう？　こんなはずじゃなかったって思ってるところじゃない？」

ジノは反論しようとするが、そんな余裕もなかった。

する意味がないと思ったのかもしれない。実際、事実だったので。

「……まあ、確かにそうですよね。あの人、基本わがままだし病弱だし好き嫌い激しいし、気になることがあったらどこでもぶっとんでくし無茶ばっかりやらせるし。でもなんて言うか……だからつきあってるとこもあるんじゃないかなって」

「だから、ね……」

「はは。もちろんでっかい借りを作っちゃってるからってのが、一番大きいですけどね」

「あの子は、消えない火みたいな子よ」

ぼやき混じりで苦笑するジノに、メリエルが投げた言葉は短かった。

「いつかあなたも巻き込まれてめちゃくちゃになる」

ジノはレポート用紙から目を離すが、メリエルの姿はすでになかった。

一つ不思議だったのは、そうやって放り投げられた言葉の響きが、今までのような露骨な非難や見下しではなく、同情に近かったからかもしれない。

理由のわからない胸騒ぎだけが、ジノの中に残った。

消えない火。

わかるようなわからないような——。

「——ジノ君、レポート終わった？」

そんな時、まるで彼女と入れ替わりのように、アディ本人がバルコニーに戻ってきた。

「あのさ部長。メリエルさんに会った？」

「あら、いたの？　私は会わなかったけど」

「そっか……」

アディはジノの隣に腰をおろそうとしたが——途中で止まる。

「ジノ君。見て。来たみたい」

彼女が指し示したのは、地上を歩く数人の男子生徒だった。

狙《ねら》い通《どお》りの状況に、ジノも興奮した。ついに魔術書の密売がはじまるのだ。

「そうね。たしかに実験棟《ここ》は一部の人間しか使わないし、向かいの講堂は大きすぎて式典ぐらいしか出番がないわ。放課後に取引する場所としてはうってつけなのかもね」

本の売り手の方は、ジノが事前に指摘した通り、実験棟と講堂をつなぐ渡り廊下《ろうか》から現れた。バルコニーの柵《さく》に隠れているジノたちからも、雨にけぶる廊下の屋根と、売人たちが提《さ》げる革トランクが見て取れる。

「買い手の方も来た」

そして今度は、講堂の角から人がやってくる。こちらも全員男子生徒だ。

色とりどりの傘《かさ》に、わずかに着崩した学院の制服。ケースに入った展開杖。バンドで留めた教科書。

カイゼルの街中ですれ違っても気づかないような、ごく平均的な学院生像だ。

「まさかあれで写本の密売をって感じよね」

本当にそうだ。この普通さ、素行の問題のなさが、ナンバーズの摘発《てきはつ》の網を逃れた原因だったとするなら皮肉である。

息をひそめて見守っているうちに、売人組と買い手組が、渡り廊下の中央にそろった。全部で七、八人ほどの集団になる。そこから売人組が、通路の床にトランクを置いて店開きをはじめる。買い手組がそれらを取り囲む。人数の割には静かなやりとりだ。何しろ彼らが扱っているのは、禁制の写本。ぼろぼろに古びた装丁《そうてい》の革の本――。

「そこまでよあなたたち！」

ジノは吹き出しそうになった。

いきなり取引現場のど真ん中へ、甲種魔術の光が降り注いだのだ。

それはスポットライトのように強く純粋《じゅんすい》な『光』で、夕方ゆえにさしたる効果はなかったが、相手の度肝《どぎも》を抜いて取引を中断させるには充分だった。

講堂の二階の庇《ひさし》に、メリエル・ラヴィーン嬢が、腰に手をあて君臨《くんりん》していた。銀色の展開杖が、まるで女王陛下《へいか》の錫杖《しゃくじょう》のようだった。脇には部下1と部下2まで控《ひか》えていて、無意味に登場の派手さを際だたせてもいた。

「いいこと。わたしの名前は、メリエル・ラヴィーン！　ナンバーズの7。ラヴィーン家が息女。魔術書の密売現場、とくと押さえさせてもらったわ」

「くそっ、賢人会議か……！」

「同じ魔術学院《アカデミカ》の学生として、その罪見過ごせないわ。おとなしくお縄《なわ》につきなさ……待って逃げないで！」

相手もバカではなかった。

たらたら屋根の上の長口上《ながこうじょう》を聞いている暇《ひま》があるなら逃げるが勝ちだ。

「なにやってんだよあのひと……」

「嘆いている暇はないわジノ君。私たちで止めましょう」

「ちょっと部長！」

アディが立ち上がったので、ジノも慌てて後に続いた。もちろん、ようやく書いたレポートも、ショルダーバッグに詰めて持っていく。

＊＊＊

――はあ。はあ。はあ。

少年たちは、休むことなく走っていた。

「くそっ。ナンバーズめ。特権階級の驕《おご》りかよ……！」

憎《にく》まれ口も止まらない。ここまでずっとうまくやってきたはずだったのだ。

確かにこの取引自体、決して誉《ほ》められたことではない。一部には法に触れるものも存在する。だからこそ人目に触れないよう、彼らは彼らなりの注意を払ってきたつもりだった。まさかこのタイミングで摘発されるとは思わなかった。

学院での日々は厳しい。進級率六十五パーセント。脱落者も出やすい環境で、この取引は必要悪だったのだ。今さら奪われては生きていけない。

実験棟内に逃げ込んだところで、買い手の一人が、杖のカバーを放って立ち止まった。

「おい」

「お前ら。ここは俺に任せろ！」

「ラット！」

「早く行くんだ。写本を守れ。あいつらに俺たちの宝を渡しちゃいけない！」

少年は、背後に迫りくるナンバーズの気配を見据え、廊下の真ん中で息を吸った。


「――オズ・エルド・ルルズィエ！」


エーテル・コードを詠唱《えいしょう》。床を叩くと同時に、タイルの隙間から霜柱《しもばしら》が吹き上がる。

無数の氷の柱が、少年たちとナンバーズの間を塞《ふさ》ぐ形になった。

「早く！」

しょせんこれも時間稼ぎに過ぎないとわかっていたが、少年たちは彼の勇気を受け取った。「死ぬなよ！」とだけ言い残して走り出す。

そのまま廊下の角を曲がったとたん――。


――ホーウ。

獣《けもの》のような鳴き声を聞いた。

暗い通路の奥に、少女が一人立っている。

彼女は南国の部族を思わせる、鮮やかな彩色の木製の仮面をこめかみの位置で留めていた。小さな花びらのような唇《くちびる》に、土器の笛の吹き口をあて、息を注ぎ込む。


――ホーウ。


またも獣の声。

「な、なんだよお前は」

少女は黙って、こめかみの位置までずらしていた仮面を戻した。左手に握る極彩色の杖――どう見ても学校指定の展開杖ではない――を振り上げる。

少女の背後から、天井《てんじよう》に届かんばかりの巨大な蛇がにじり出てきた。金色の瞳がこちらを向く。薄く赤い舌が空間をうごめき、巨大な顎《あぎと》が開いた瞬間、少年たちは心の底から絶叫《ぜつきよう》した。

＊＊＊

「ふむ……意外と効果はあるみたいね……」

どう見てもジノの目には、密売グループの少年たちが、ひとかたまりになって追い詰められているように見えるのだが。

アディは付けていた面を横へと戻す。楚々とした容貌はそのままに、目つきが完全に研究者のそれになっていた。

「アンガスの少数部族、ンマトホ族の巫女《シャーマン》が使う道具なのね。ミルトン先生が手に入れてくださったんだけど、音を使って精神を揺さぶって、精霊《せいれい》の姿を見るためにあるんですって。本来は儀式に没頭するための催眠誘導《さいみんゆうどう》装置なのよ」

「……やっぱりオタクだ……」

「失敬よジノ君」

「普通に甲種魔術だって使えるのになんだってこんな変な呪術ばっかり……」

アディの方は泰然《たいぜん》としていた。

まるで巨大な化け物にでも迫られているように、ひどく怯《おび》えている少年たちの目には、いったい何が映っているのだろう。知りたいような知りたくないような、微妙《びみょう》な気持ちになるジノだった。

「起きたら効果の感想を聞かせてもらいましょうね。とっても貴重なサンプルだわ」

アディがつぶやいた——その時だ。

「部長、危ない！」


「——イグ・エズル・マギナ！」


横合いから甲種魔術が撃ち放たれた。

手加減なしの衝撃波が、アディの体を反対側の壁へと叩きつける。

「部長！」

「……あっ、あ、はあっ！」

幻覚《げんかく》に巻き込まれていたはずの少年が、杖をかまえ、肩で息をしながらアディを睨みつけていた。

「くそ。やっぱり幻《まぼろし》だったのかよ……」

この一撃で、他のメンバーも目が覚めたようだった。次々に起き上がって頭を振る。

「ちょっと、待ってよみんな。落ち着いて冷静に——」

「どけよ。この女ふざけてやがる！」

明らかに冷静さを失っていた。とりなそうとするジノを、話すら聞かずにつきとばした。

アディの額から、面を乱暴にむしり取る。意識のない彼女の襟を、無言でつかんで持ち上げた瞬間、ジノの中で何かが弾けた。

「落ち着けって言ってるだろう⁉」

「なんだよ、やれるもんならやってみろ！」

ジノは、床に落ちていた展開杖を拾い上げた。つむいだのは、ひどく簡素なエーテル・コード。けれど目的を最短で達成するのにふさわしいコード。

杖を振り下ろす。

「ラ・ティス」

予想よりも遥かに強力な甲種魔術が展開され、密売グループの少年たちは次々に吹き飛んだ。


「もういい、やめなさい！」

——ぶつんと、何かが途切《とぎ》れた気がした。

ふと気づけば、ジノの周りに少年たちが倒れ込んでいた。

止めたのはメリエル・ラヴィーンだった。彼女はジノの腕をつかんで、顔を覗き込んできた。

「いいから。大丈夫だからジノ・ラティシュ。そこまでしなくてももう彼らは動けない」

「でも、僕は許せないんだよ！」

「グスタフはちょっと気を失っただけよ」

「だからなんだよ……っ」

到底《とうてい》許せることではなかった。

「取引が見つかった時点で、それ以上逃げ回るべきじゃなかったんだよ。自分たちが何やってたと思ってるんだ……！」

はじめはこの密売グループに、同情の気持ちがなくもなかった。魔術学院《アカデミカ》の厳しい日常の中で、たまには息を抜かなければやっていられないと。だが、大勢でアディを傷つけるというなら話は別だ。ジノは黙っていられず床を指さす。

自分が落としたショルダーバッグなどに混じって、売人組のトランクや杖も転がっていた。特にトランクは蓋《ふた》が外れて、中の『魔術書の写本』が床に散乱している。

古びた革の表紙ばかりだが、中を少しめくってみればいい。

「な、な」

「情けないよ」

「なによこれは――っ！」

装丁だけ魔術書に見せかけた肌色満載《はだいろまんさい》な本の数々に、メリエルは卒倒しそうな悲鳴をあげていた。

＊＊＊

「……『あっはん・ぷりんせす』に『炎帝の乳』に『したい☆改造論』ね……よくも綺麗にもじったものね」

こんなに心のこもっていない賞賛の声は聞いたことがない。

「つまりジノ君、こういうこと？　魔術書の写本の密売っていうのは、有り体《あてい》に言うとエロ本のトレードだったっていうこと？」

「まあ、そんな感じだと思う……」

「素敵」

アディは美しくつぶやいて天井を見上げた。

濡《ぬ》らしたハンカチを後頭部にあてつつ、彼女は放課後の廊下を歩き続ける。

メリエルが言っていたように、怪我《けが》は壁にぶつかった時のコブだけらしい。足取りは思ったよりもしっかりしていて、ジノとしてはほっとするかぎりだった。

「たぶん、魔術書とか取引とか、禁書とか、仲間内だけの符丁《ふちょう》で使ってた言葉が一人歩きしちゃったんだと思うよ」

「メリエルさんらしい人騒がせね。取り巻きの子たちも教えてあげればいいのに」

「や。でも誰でも知ってるわけじゃないし……」

アディの静かなまなざしが、なぜかジノに強く突き刺さった気がした。

「な、なんでしょうか部長」

「誰でも知ってるわけじゃないのに、ジノ君は知ってたのね？」

「い、いいいい、いや、それは！」

「いいのいいの。ジノ君もへっぽこなのにちゃんと男の子なのねと確信を強めただけだから」

「いいから人の話を聞けよ！　僕はただ――」

「一番はじめに思ったのはね」

彼女はジノの前を通り過ぎてから、くるりと振り返る。

「私を助けてくれた時。ジノ君、誰かを守ろうとする時ほど強くなるのよ」

驚いた。

それはなんの色も匂いもついていない、少し幼いぐらいの笑顔だったのだ。

「得意なものがあるっていうのも悪くないんじゃない？」

この時の彼女の言葉が、後のジノ・ラティシュの進路を大きく変えた――なんてことにはならないと思う。たぶん。

けれど忘れないだろう。

いまこの視界に、彼女が映っていること。微笑みながら、確かにいいものがあるよと認めてもらった瞬間があること。

照れくさくて恥《は》ずかしくて、ちゃんとした言葉になんてできないけれど。大事な『今』として忘れずにいるだろう。

そう思ったのだ。

「ところでジノ君。あなた、鞄はどうしたの？」

「へ？」

ジノは、思わず間抜けな声をあげてしまった。

「はじめはちゃんと持ってたわよね。バルコニーに置いてきた？」

「……い、いや違うよ。あっちには残してないはずだし——」

ジノは慌てて考える。確か最後に見たのは、密売グループが放り出したトランクと一緒に、床に転がっている場面だ。あれからどうなったのか、おもしろいほど記憶にない。

「やっばいよ。あれ基礎体Ⅲのレポートも入ってるのに……！」

「もしかしたらメリエルさんたちが押収品《おうしゅうひん》と一緒に運んでるんじゃない？」

「うわあああああ」


走った。走って走って走りまくった。

「そのゴミ、待ったあああああああ！」

大急ぎでキャンパス内を突っ走り、徐々に増えてくる人混みの間をかきわけ、ついにナンバーズの実行班の背中を見つけ出した。

学生ラウンジ裏手の、焼却炉《しょうきゃくろ》の前でである。彼らは手押し車の上に、大量の写本ならぬエロ本を満載し、燃えさかる炉に向かって突き進んでいた。残りわずか十フィート。

ジノに気づいたメリエルが立ち止まるが、説明している暇はなかった。

あの中には、ジノの明日《レポート》が混じっている。

「それ、僕のおおおおお！」

そうして下校途中の学院生たちが見たものは、燃やされようとするエロ本に、半泣きで飛びつく勇者《ジノ》という構図だったことは言うまでもない。

＊＊＊

「……あれからさ、教室の女子の視線が冷たいんだ」

「まあ、そうでしょうね」

「なんか居づらくてさ」

「本当におもしろいわジノ君」

「男子の友達は増えたけど」

いつものように、乙種魔術研究部の部室にいりびたる日々。ジノの切ないぼやきを、部長のアディリシアは本の城に埋《う》もれながら聞いている。

床に積んだ古書を玉座に、レプリカの髑髏をいじる姿は、けだるげな姫君のようであり、退屈をもてあます小悪魔《こあくま》のようでもあり。

「これからもよろしくね、部員君」

うっすらと瞳を細めるこの笑顔だ。


——あの子はね、消えない火みたいな子よ。

——いつかあなたを巻き込んでめちゃくちゃにする。


メリエル・ラヴィーン嬢の言葉が頭をよぎりつつも、ジノはあえて半分だけ見ないふりをする。聞かないふりをする。

それでも確かに、手に入れたものがあるから。

手に入れられるものが、この先もあるかもしれないから。

だからまあなんとなくジノ・ラティシュは、彼女の側《そば》に居続ける自分を肯定《こうてい》している。

それはたぶん、目眩《めまい》がするほど退屈を知らない日々。

そんな日々の繰り返しな感じ。

3

「ネイバー君。ネイバー君。ちょっと起きてくれよ」

そして目を開けて最初に見たのは、支配人の嘘《うそ》くさい笑い顔だった。

「……うわあ、なにその殺気。僕なにかした？」

「そーいうんじゃないすけどね……」

「お姫様のキスで起こしてあげられなくて悪いけどさ」

しかしいささか死ねばいいのにと思ってしまったのは内緒である。

ネイバーは頭を振って、長椅子に起き上がった。

「……どーせなら、もっといい時のこと思い出せよオレ……」

「え、何か言ったかい？」

「いや、こっちのことだから……」

ぶん殴られてエロ本にまみれて女子に蔑《さげす》まれて、それでもアディと一緒なら『いい思い出』なのか？　自分の思考回路のおめでたさにため息が出てしまう。

「で、なんかオレに用で？」

「そうそう、君に紹介したい子がいるんだよ。ほら、おいでガートルード君」

支配人は言って、事務室に人を招き入れた。

入ってきたのは、アライグマによく似た丸顔の女だった。

豪奢《ごうしゃ》な白い毛皮のコートが、まるでぬいぐるみのような丸っこい印象に拍車《はくしゃ》をかける。あまりの全身チンチクリンぶり――いやいやこの手の店に勤めるようには見えない健全さに、ネイバーはしばし見入ってしまったかもしれない。

するとと女は、「うふっ」と嬉しそうに笑った。

「もしかしてあたし、一目惚《ひとめぼ》れされちゃったかしら」

「は？」

なに言ってんのこの女、である。

「紹介しよう。今度から月光《ウチ》で働くことになった占い師。ガートルード君だ」

「よろしくねっ」

「なんと本物の魔女だったりするんだ。魔女術《ウィッチクラフト》が使えるらしいよ。歌手志望で来てくれたんだが、シスターの後釜《あとがま》を埋めてもらうのにちょうどいいってパパ・ゴスフォードがね」

「はあ……」

ネイバーはつぶやくしかなかった。

チンチクリン女は勘違《かんちが》い女な上に魔女だという。その上ここで働いて、欠番中の看板《かんばん》占い師の代わりになるという。

全てどうでもいいことではあるが、少しずつアディリシアがいた痕跡《こんせき》が消えていくのは、複雑でもあった。

「それでこっちがうちの用心棒で、甲種魔術師のネイバー君」

「ずいぶん若い子なのねえ」

「でも腕は確かだから。君は大船に乗った気持ちで働いてくれればいいよ」

「ふうん。ねえキミ、試《ため》しに占ってあげましょうか」

ガートルードは言うないなや、ネイバーの隣に腰掛けてきた。

「は、いや別に、そんなんいらないし」

「お近づきの印よ。ほらどのカードがいい？　一枚だけ取ってちょうだい」

「だからいいってば」

「じゃああたしが代わりに抜いちゃうわね。ええい！」

クラッチバッグの中から取りだした占術用のカードを、ガートルードは勝手に一枚引き抜いてネイバーに突きつけた。透かすようにじっと見入っている。

本当に人の話を聞かない奴《やつ》だなと呆《あき》れていると。

「あ、ああ――っ」

いきなりカードを見つめたまま、愕然《がくぜん》とした声をあげるのだ。

「すごい。これはすごいわ支配人さん」

「なになになになに」

「女難の相よ。根深いわ。ぐっさりよ！　確実に女で身を滅ぼすわ！」

ネイバーは手遅れの虫歯を見つけられたような気分になり、反対側の肘置きに倒れ込んだ。

「あらあなた、寝ちゃうの？」

「もうほっとけっての……」

それでもきっとまた、思い出すのはろくでもない、愛《いと》しくもはた迷惑な日々には違いないのだ。

まだ何も変わる必要がなかったあの頃のこと。

Episode.2
お呪《いわ》いしましょう

1

ネイバーはその昔、頑《かたく》なに信じていたことがある。

——その一、部屋のベッドの下にはモンスターが隠《かく》れていて、夜になると這《は》い出《で》てくる。

——その二、母親が何度も食べさせようとするマッシュルームは、実はそのモンスターの切《き》れ端《はし》である。

——その三、カイゼルの路地裏には、もれなくギャングか不良が潜《ひそ》んでいて、迷いこんだらカツアゲされる魔窟《まくつ》である。

一番目と二番目は嘘《うそ》だとわかった。

三番目は——まだはっきりとわからない。

「——二度と来るなっての！」

十六歳になったネイバーのバイト先は、首都カイゼルはキングス・シティの端にある会員制クラブである。『月光《げっこう》』という店の用心棒として、毎夜街の路地裏に顔を出す側になった。

ネイバーの甲種魔術《こうしゅまじゅつ》で叩《たた》き出《だ》された中年男が、繁華街《はんかがい》の路上に転がる。

「た、頼む。もう一回だけ彼女に会わせてくれんか。儂《わし》のクリスティンちゃん……」

「誰《だれ》のでもねえし。しつこい」

「後生《ごしょう》だから。クリスティ――」

店で呼んでおいたタクシーに、むりやり男の尻《しり》を押し込んで、それでネイバーの仕事は完了だ。

「ったく……」

思わず手をはたいてしまう。

あれでも昼間はそれなりの地位にあるはずなのに、こと女が関わると道を踏《ふ》み外《はず》す輩《やから》のなんと多いことだろう。なまじ店が占い師を売りにしているぶん、思い詰めた人間が集まりやすいのかもしれない。

周りを歩く通行人が、どこか怯《おび》えた目でネイバーを見ている。それもだいぶ慣れた。もともと地味《じみ》でインパクトの足りない顔だちを、派手な不良崩《ふりょうくず》れの服装でごましているのだ。その上で人当たりのいいことをしているわけではないのだから、遠巻きにされても当然だった。

「――や、やめてください！」

と、その時だ。一ブロック先の路地で悲鳴があがった。

表通りから迷い込んできたらしい少女が、酔《よ》っぱらいにからまれている。

　このあたりは官庁街にも近いせいか、うっかり女性や子供が踏み込みやすいのだが、柄《がら》の良い場所とは言い難いのだ。

（またか）

　仕方がないので、ネイバーは杖《つえ》をベルトへしまう前に歩き出した。

　酔っぱらいはまだ絡《から》み続けている。

「なあ。冷たいこと言うなよ。おじちゃんたちと遊ぼう。な」

「お小遣《こづ》いあげるからさあ」

「イヤだって言っているじゃないですか！」

　赤ら顔の酔っぱらいに、半泣きの少女。ふわふわと真っ白いコートと明るい柄のミニスカートが、ネオンの明かりに浮き上がっている。典型的な絡みの構図にむかっ腹だけがたった。


「──ジ・イルト・ラクシ！」


　ネイバーはエーテル・コードを唱《あ》えて杖を振り下ろす。

　彼らの頭上──雑居ビルの空き店舗《てんぽ》の看板《かんばん》が、真空刃《しんくうじん》の衝撃で地面に落下。ちょうど男たちの真横に突き刺さった。

「そのへんにしとけよ。あんまりしつこいと役所にチクるぞ？」

杖をかまえたまま、おさえた声で警告すれば、効果は絶大だった。赤い顔が一瞬で蒼《そう》白《はく》になり、しどろもどろにきびすを返していく。

後に残ったのは、からまれていた一般少女。だがネイバーは、特に話す気もなかった。決して勘違《かんちが》いしてはいけないことだが、ここでネイバーが少女を助けたからと言って、恋が芽生《めば》えるわけでもヒーローになれるわけでもないのである。

用心棒としてエロオヤジを追い払ったのと同じように、怯えた目で見られるのが関の山。これは長年の経験によって身に染《し》みていたのだ。

だからネイバーは、黙って立ち去る道を選んだ。

「ジノ。ジノ・ラティシュでしょう」

ネイバーは、まさかと振り返る。

少女はこちらを真《ま》っ直《す》ぐ見ていた。はっきりとこちらの顔を見分けていた。まるで陸《りく》の上で魚に会ったかのような衝撃だった。

「――ミリー」

「やっぱり。ジノっちだ」

どうしてこんなところで、下宿先の大家の娘に会うのやら。

店に戻らないのは気が引けたが、放っておくわけにもいかなかった。ネイバーはミリーを連れて、一番近い食堂に席を取った。

客は外国人が多いが、女性の客も多くて店の雰囲気《ふんいき》はまずまずだ。

店主に頼んで作ってもらったココアを前に、ミリーはずっとうつむいている。コートの下に着ていたのは、癖《くせ》の多い麦わら色の髪に合わせた、薄《うす》いピンク色のセーター。確か年は十三だ。

幼年学校《プレスクール》を卒業したあと、どこの職業訓練学校《ジョブスクール》に入ったと言っていたっけ？

「一人でここまで来たのか？」

「そう……だよ」

「危ないだろ。いま何時だと思ってるんだ」

「ジノっちがいけないんだよ」

ジノ・ラティシュ。それはネイバーの本名だ。

下宿のアパートもそちらの名前で登録している。魔術学院《アカデミカ》入学と同時なので、もう四年目になるだろうか。

「学校とか、ぜんぜん行かなくなっちゃったし」

「行く時は行ってるよ」

「こんな変なとこでバイトはじめちゃうし」

「実践系《じっせんけい》のバイトだよ。ちゃんと練習になってる」

「ぜんぜん違うし！」

うつむいたまま、ミリーは声を荒げた。

「なんか変だよ。どうしちゃったの？　前のジノっちに戻ってよ」

店の奥で、アンガス人の主人がにやにやと笑っている。日頃無愛想《ぶあいそう》で口の悪いネイバーをからかう、格好《かっこう》のネタができたと思っているのかもしれない。明日あたりには、おもしろおかしい尾ひれがついて、『月光』の支配人の耳にも入るだろうか。なんとあのネイバーがカタギの女の子を泣かしたって？　これは訂正《ていせい》が面倒《めんどう》くさそうだった。

「前って……いつ頃？」

ジノはテーブルに頬杖《ほおづえ》をついたまま、静かにきいた。

「え、い、いつって」

具体的に尋《たず》ねられるとは思っていなかったらしく、ミリーは慌《あわ》てて顔をあげている。

「その……ほら。ジノっちがうちにお見舞いに来てくれた時とか。あたし怪我《けが》して、カノジョと一緒に来てくれたじゃない」

「カノジョ？」

素で心当たりがなかった。

十秒ほど考えこむ。

「……ああ、なんだ。部長のことか……」

「なんだってなによ。なんだって。あんなきれーな人だったのに」

彼女をミリーのところに連れていったのは、本当に出会ったばかりの頃だった気がする。

とりあえずミリーはいろいろ勘違いをしているのだが、その勘違いはすべてアディがいけないのだと言ったら、この子はどう思うだろう。

2

——まずはそう、『彼女』に出会った時のことを話そうか。

その時ジノ・ラティシュは、かつてないピンチにみまわれていた。

「僕じゃないです」

「いいかね、ラティシュ君。今なら——自主的に申し出たということにしてやれるんだぞ」

「正直に言えば悪いようにはしないから。ね？」

「落ち着いてよく考えなさい」

そんなことを言われましても、である。

目の前には、カイゼル魔術学院《アカデミカ》の教官位を示す襟章《えりしょう》を付けた、しかめっ面《つら》の大人が二人。そんな二人の前で冷や汗を流す、制服姿の少年、ジノが一人。

危機レベルで言うなら、個室で用を足した後に紙がなかったことに気づいたレベルである。大事なテストがはじまってから、ペンケースに消しゴムがないことに気づいたレベルでもいい。唾《つば》で消そうと思ったら紙が破けたレベルの方が近いだろうか。とにかくいろいろ大変なのだ。

生まれてこのかた芸能人に似ていると言われたことは一度もないが、近所や親戚《しんせき》に必ず一人は似た顔がいると言われて親近感を持たれる平凡顔をひきつらせ、ジノは辛抱強《しんぼう》く繰り返す。

「……僕は、やってないです……」

「じゃあなぜいきなりこんな高得点なんだ、ラティシュ君。平均点が三十五点で君だけが九十五点だぞ。説明しなさい」

「たまたまヤマが当たっただけです！　運が良かったんです！」

「予告したテスト範囲以外の問題も出していたのに？」

「僕がテスト範囲を間違えて覚えていたんです！　やりすぎたんです！」

「資料室の施錠《せじょう》はあなたの仕事だったらしいわね」

「そりゃ日直ですから。ちゃんと閉めました！　窓の方の鍵《かぎ》は……ちょっと記憶にないですけど……」

「で、後で忍《しの》び込《こ》むために鍵を開けたままにしておいたと」

「だから僕じゃないですって！」

本当についていないと思う。

ジノが通うカイゼル魔術学院《アカデミカ》は、エミール王国に全部で三つある魔術専修学校の一つである。下は十二歳から十六歳にいたるまで、みっちり四年間、基礎科に通って明日の魔術師を目指す毎日だ。

ジノも先週なんとか三年生に進級できたばかりで、郷里の母に「やったよ母さん。あとひもじいから、缶詰《かんづめ》送って」と手紙を書いたところだったのだ。

(それがそれがそれがさ)

もともとジノは、勉強の中でも魔術史というやつが苦手だった。何百年も前に興《おこ》った『薔薇《ばら》のナントカ教団』だの『黄金のカントカ結社』だのといった魔術結社ブームの創始者をフルネームで上げて、書いた魔術書と結びつけろなどと言われれば、ややこしさに爆発したくなる。

いつまでたっても上がらない成績に、危機感を持っていたのは本当だ。次こそはがんばらなきゃなと準備をしたら、うまい具合にヤマが当たってくれて狂喜《きょうき》乱舞《らんぶ》した。しかし、それで逆にカンニングを疑われてしまったのだからたまらない。

「本当に、僕はやってません。信じてください先生」

「……そう。あくまで違うって言うのね」

「疑うなら、せめてちゃんとした証拠を見せてくださいよ。全部みんな状況証拠ってやつじゃないですか」

「わかったラティシュ君。全部君の言うように状況証拠ばかりだ。もう行きなさい」

ジノは深々と頭を下げ、教官室を出た。

ぎりぎりまで理性はキープできていたと思う。だがそこから一転、ジノは猛《もう》ダッシュで廊下《ろうか》を突っ走り、男子トイレに駆け込んで思いの丈《たけ》をぶちまけた。

「…………っ、なんだよちくしょ――――っ！」

ちくしょー。

ちくしょー。

こんちくしょー。

――どう見てもあれは、こちらの言うことを信じた顔ではなかったぞ。

ジノは個室の前で歯嚙《はが》みする。

こうなると、少しヤマが当たった幸運など微々《びび》たるものだった。

たまたまテスト前日の日直がジノで、史学科資料室の施錠を担当していたのもまずかったらしいのだ。問題のテスト用紙は、ジノが帰ったあとの引き出しにおさめられたらしい。

そんなのこっちは知らなかったんですと言っても、もはや教官たちは信じてくれない。しかも悪いことは重なるもので、閉めたと思った窓の一部が開いていたという。

これはきちんと確認をしなかったジノの落ち度でもあるが、すっかり「テスト問題を盗《ぬす》むため、わざと施錠しなかった」と思われてしまったのである。

「冗談《じょうだん》じゃないよ。ほんとにやってないのに……」

ジノは資料室の散らかりようを思い出す。

あの乱雑な棚や机《つくえ》では、問題用紙の一枚や二枚、紛失《ふんしつ》していたっておかしくないだろう。普通の教材どころか、暇《ひま》な教官が昼休みに遊ぶジグソーパズルまで持ち込まれていたぐらいなのだから。とんだとばっちりである。

自分はこれからいったいどうなるのだろう。

もしなにかヤマが当たってテストの点が劇的に良くなるたび、カンニングを疑われるのだろうか。それぐらいならまだいいが、必死に勉強してがんばった時でも、同じカンニングマスターの汚名をきせられるのだろうか。この中の中をひた走る成績で。

「……さいあくだ……」

「おお、ジノじゃないか。悪いが踏ん張るのは後にしてくれよ」

ため息をついていると、ドアが開いた。

基礎科のクラスメイトが入ってきた。彼は出入り口に『調査中』の看板を置き、クリップボードに挟《はさ》んだペンを取り出す。

「なにやってんの？」

「備品の点検。しばらく続くぞ」

そういえば彼は美化委員だと思い出した。

彼が数えているのは、蛇口《じゃぐち》にぶらさがっている石鹸《せっけん》やトイレットペーパーの数らしい。

「僕も手伝おうか？」

「頼めるか？　他にタワシが二個とバケツが一個あるはずなんだが」

「いや……両方一個ずつだよ」

「マジか。ここもダメだな」

美化委員は赤字で線を引いている。清掃用具入れを覗《のぞ》いていたジノは、そのままスチール製のトビラを閉めた。

「なんか最近、備品の紛失が激しすぎるらしいんだよな」

いわく、ものは石鹸や水まき用のバケツから、実験室のブラシなど、ささやかなものばかりらしい。

「変だね。なんでだろ。誰か持って帰って使ってんのかな」

「おまえ使うか？　土手《どて》っ腹《ぱら》に『カイゼル魔術学院《アカデミカ》基礎科』とか書いてあるバケツ」

「……ごめん。使えないね」

「だろ？　いくら下宿で一人暮らしでもさ。使いかけの名前付きじゃ売ることもできねえし。ほんと意味わかんねーっての」

不思議な愉快犯《ゆかいはん》という奴《やつ》だろうか。

ジノとしては、そんなことに使う時間があること自体が信じられない。

「そろそろ賢人会議《けんじんかいぎ》あたりが声明出すんじゃないか？　コーキシュクセイと犯人捜《さが》しが云々《うんぬん》って」

「ナンバーズも大変だ」

「学校中の備品数えて回ってる俺《おれ》らの方が大変だろ。まったくついてないぜ」

ついてない。

赤ペン片手にぼやく級友の言葉が、妙に染み入るジノだった。

奇跡《きせき》というのは祈ったり待ったりするものではなく、大地のエーテルに干渉《かんしょう》して作り出すものだというのが甲種魔術の基本理念なのだそうだ。

恐れ多くも甲種の魔術師を目指す身としては、運がいいだの悪いだのを気にするのは格好悪いのかもしれない。だがしかし、魔術学院《アカデミカ》に在籍する学院生ですら、何か運命を感じた時はつぶやいてしまうものだ。ああ、僕／私ってとっても運がある／ない。

よっぽど暗くて辛気《しんき》くさい顔をしていたらしい。

ジノが学院を出て、下宿の敷地《しきち》に戻ってきた時、頭の上から声をかけられた。

「おーい、ジノっち。元気かあい」

それは大家さん一家が住む母屋《おもや》からだった。

明るい麦わら色の髪を三つ編みにした、パジャマ姿の女の子が、二階の窓から顔を出している。

夕焼けの明かりに、薄いそばかすの散った顔が浮かんでいた。

「なんか不幸そうな顔してるねえ。また何か失敗したの？」

「ミリー」

この子は大家さんの一人娘で、今年幼年学校《プレスクール》の六年生になったはずのミリー嬢《じょう》だ。

ジノが学院に入学した時からのつきあいなので、すっかり気心がしれていた。

「ひひ。まったくねえ、ジノっちったらへなちょこすぎて見てらんないわー。下宿《ウチ》に入った夜からホームシックでめそめそ泣くし、電球の取り替え方がわかんなくて一週間真っ暗で過ごすし、他にも他にもあれとかそれとかあ――」

「いいかげん昔のことはほっとけって！」

「食料すっからかんの時は、おやつこっそり差し入れしてあげたもんね」

むしろ気心を通り越してなめられているかもしれない。

ミリーは窓枠《まどわく》に頬杖をついたまま、歯を見せて笑っていた。クラスの生意気きわまりない女子の笑い方に少し似ていて、よろしくない傾向だとジノは思う。

「ちゃんとあたしが教えたおまじない、やってる？」

「やってるやってるちゃんとやってるって」

「そんなめんどくさそうに言わないで。ほんとに効《き》くんだからね！」

ミリーはジノを見下ろし、目の前で指を二本立てて交差してみせた。

「ルルセル・オグマ・ペ、だっけ？」

「違うルクセル・オグマ・ホよ」

「ルクセル・オグマ・ホ」

「そうその意気よジノっち。休まず続けたら、きっといいことあるから……くしゅっ」

ミリーは途中で可愛《かわい》らしいくしゃみをした。それを母親に聞《き》き咎《とが》められたらしく、「ごめんまた後で」とジェスチャーを入れて部屋の中へと引っ込んでいった。

幼年学校《プレスクール》の方は、まだ大事をとって休んでいると聞いていたが、明日あたり登校できるのだろうか。

ジノは肩をすくめ、あらためて下宿の建物へと歩きだした。

ミリーいわく、決められたポーズを取って『ルクセル・オグマ・ホ』と呪文《じゅもん》を唱えると、幸せがやってくるのだという。いわゆる幸福のおまじないというものらしい。

(——ま、気休めだよな)

まだ幼年学校《プレスクール》の六年生だ。ジノのように甲種魔術師を目指しているわけでもない、ごく普通の女の子の言うことだ。そこに確かな根拠などないのだろう。

魔術師の卵の立場で言うなら、『ルクセル・オグマ・ホ』という音をどう解析したところで、奇跡を起こすエーテルに作用する要素など見つからないと言うこともできる。しかしそんな正論を持ち出して、ミリーという女の子の大事な思いやりにケチをつける趣《しゅ》味《み》などジノにはなかった。

不運続きで辛気くさいジノを見つけ、「絶対に効くんだから」と声をかけてくれる優しさだけは受け取って、できる範囲でつきあっていた。それで間違ってないと今のところ思っている。

ジノは下宿の狭《せま》くきしんだ螺旋《らせん》階段をあがって、自分の部屋の鍵を開ける。

「いでっ」

踏み込んだとたん、段ボールらしい障害物に足をとられてすっころんだ。

なんでこんなところに箱なんてあるんだよと憤《いきどお》ったが、思い出した。朝一番で受け取った、実家からの小包である。

中はおそらく、手紙で頼んだ缶詰のつめあわせに違いない。サバ。肉。あるいは豆。

「…………るくせる、おぐまほ」

したたかに打ちつけた額《ひたい》と臑《すね》をおさえながら、ジノは指を交差させ、切に思った。

幸運。来るなら来てくれ。場所はいくらでも空いてるから。

ね？

＊＊＊

ジノの下宿から魔術学院《アカデミカ》まで、さくさくと歩いて三十分ほどかかる。

もう少し近い下宿が良かったのだが、学院に近い寮や下宿は人気物件な上に家賃も高い。相場を知った親の方が早々に断念してしまった。「そうそうジノちゃん、歩いた方が健康にもいいわよ？」とよくわからない理由でバス代の支給もしてくれないので、今日もジノは徒歩で学院へ通う。

道中に見えるのは、首都カイゼルを代表する高層ビル群だ。カイゼル魔術学院《アカデミカ》は、都心の一等地であるアーマント島の突端《とったん》にある。

島で働くビジネスマンに混じり、ケース入りの展開杖《てんかいじょう》を抱えて歩く学院生の姿は、観光ガイドに載るぐらいの名物風景だ。ジノも受験ではじめてアーマント島にやって来た時、この制服の男女の群れを見つけて感動したものである。

ようし絶対にお仲間になってやろうと心に誓《ちか》い、なんとか受かって制服を着る側になってみると、今度は一秒でも早く学校につく方法を模索《もさく》する毎日になった。

(――うわ、またいっぱいたまってるな)

ジノは顔をしかめた。

学院に一番近い地下鉄の出口付近は、ジノの三十分の登校ルートの中で一番の混雑ぶりを見せる。地下鉄でアーマント島外から通ってくる自宅通学生に加え、バスで学院に乗り付けることができる連中が、またどっと降りてきて密度が増すからだ。

バスの時間とも地下鉄の時間ともかちあわないよう、絶妙な時間を狙《ねら》ってやってきたつもりだったが、その日はひときわ沢山《たくさん》の学院生が歩道にあふれていた。

「……朝っぱらから派手にやったなあ」

「救急車まだ?」

歩道にたまる学院生が、物騒なセリフをつぶやいている。

ジノは妙だと思い、人混みの間へむりに体をねじこんでみた。そして――好奇心だけで行動した自分に後悔《こうかい》した。

交通事故だ。

どうやら交差点の真ん中で、乗用車と小型トラックの衝突事故らしい。乗用車はボンネットが大破し、小型トラックは横合いから激突されて横転してしまっている。路上ではドライバー同士が「お前が悪い」「そっちだろ」と口論中。血が苦手なジノは、彼らの服についた鼻血の染みだけでも卒倒ものだ。

「……る、ルクセル・オグマ・ホ。ルクセル・オグマ・ホ」

目眩《めまい》と混雑で後ろに引っ込むこともできず、ミリーのおまじないをつぶやいてやりすごすしかない。この状況のせいで、一帯の交通は歩道も車道も麻痺《まひ》状態なのだ。まだ消防も救急車も到着していない。

「ルクセル・オグマ・ホ」

——その時だった。

潰《つぶ》れて動かないはずの乗用車が、ふいに振動《しんどう》した。

ボン！　と黒煙《こくえん》をあげて、ボンネットから火があがる。

半壊《はんかい》していた部品の金属片が、勢いよくあたりへまき散らされる。歩道にも——どう見てもジノの方へも——！

（まにあわない……っ！）

「——イグル・ステフ・イーナ・ル」

ジノの眼球めがけて飛び込んでくるかと思った破片の数々は、石畳《いしだたみ》に突如《とつじょ》せり上がった氷の壁《かべ》に突き刺さって阻《はば》まれた。

とっさに顔面をかばうぐらいのことしかできなかったジノは、唖然《あぜん》として顔を上げる。

そこにいたのは、少女だ。

癖一つない長い髪——涼《すず》やかな瞳《ひとみ》に心臓を叩かれた気分になった。

魔術学院《アカデミカ》の制服を着て、カバーを外した展開杖を握っている。全体にほっそりとした体つき。魔術師の卵というより、島の反対側にある音楽院の生徒のように見える優雅《ゆうが》さがあった。銀の杖はフルートか何かのかわりだ。

「今の……君が？」

ジノの問いの答えを聞くまでもなく、周囲で歓声があがった。

「すごい、さっすが学院生だね！」「すっげえなあ、一発かよ」「何年生？　専科の研究生じゃないのか？」——爆発的な拍手《はくしゅ》が沸《わ》きあがり、その中でも少女の方は表情一つ動かさずにたたずんでいる。

いや、小さくつぶやくのが聞こえた。

「……こういうのって、とっても面倒。おいとまさせてもらうわ」

「ちょ。ちょっと待ってよ！」

ジノは立ち去ろうとする少女の手首をつかんだ。そうつかんでしまったのだ。

「なにか？」

「え、えっと。その――」

ぼさっとするなぼさっとするなぼさっとするなジノ・ラティシュ。

とっさに行動してしまったが、こういう場合、まずはお礼を言うのが筋だろう。続いて清く正しい自己紹介。向こうの名前と所属を聞いて、あらためてお茶でもしながら親《しん》睦《ぼく》を深める。そんな甲《か》斐《い》性《しょう》などかけらもないのはわかっているが、せめて礼ぐらい。ありがとうのひと言ぐらいは！

「――続きは、放課後。実験棟の一階つきあたりでしましょう。自殺志願者の相手を長々とするつもりはないの」

「あ」

彼女は熱のこもらない声でそう言うと、今度こそジノの手から逃れていった。

遅れて消防車とパトカーが、大通りに到着《とうちゃく》する。

つかのまの祭りが終わったように、生徒の盛り上がりも沈静化《ちんせいか》していった。

こちらは名前も聞けなかったけど。

ありがとうも言えなかったけど。

ジノは燃え続ける車と、彼女が去っていった通りの向こうを交互に見やり、つぶやいた。

「……ルクセル・オグマ・ホ」

壊《は》れた車がもう一度、煙《けむり》を噴《ふ》いた。外れたタイヤがジノの目の前まで転がってきて、朽《く》ち果てるようにぱたりと倒れた。

（まあ、そんな悲観的になる話でもないんだけどさ）

実を言うと、その女の子をまったく知らないわけではないのだ。

同じカイゼル魔術学院《アカデミカ》で、基礎科の三年。名前はアディリシア・グスタフ。愛称アディ。趣味は読書とお菓子《かし》作り。

よく知ってんじゃないかと言うなかれ。彼女の顔や名前だけなら、基礎科の人間で知らない者はいないのではないだろうか。

いわゆるテストの高得点組の常連。優等生なのだ。

定期的に発表される上位メンバー表に、名前がなかったことがない。その割に長い髪がよく似合うお嬢さんらしい顔立ちで、性格も大騒ぎするがさつなタイプではない。とかく個性と自己主張の塊《かたまり》のような学院の女子の中で、アディの楚々《そそ》としたたたずまいは憧《あこが》れを抱かれやすいのだ。

（ええもう、僕もその口でしたよ）

入学してから同じクラスになったことは一度もないが、選択講座や合同授業で顔を合わせることはたびたびあった。恥《は》ずかしいが認めよう。校内で偶然《ぐうぜん》目に入った時は、無条件で脳内に『よかったマーク』を付けていたぐらいだ。

積極的に手を出す奴は少ないだろうが、ジノのように遠目に眺めて心の清涼剤《せいりょうざい》にしている男子は多いのではないだろうか。

「……それじゃ、そこ。グスタフ君。発表してくれたまえ」

「はい」

今も静まりかえった午後の大教室に、アディの涼やかな声が響く。

ジノは思わず耳をすました。

「――乙種《おつしゅ》魔術は、甲種魔術が開発されるまで、世界を席巻《せっけん》していた奇跡の技全般を言います。有名なもので教会の聖職者による祈禱《きとう》や、魔女の魔女術《ウイッチクラフト》などがあります。土俗《どぞく》の呪術《じゅじゅつ》なども含め、口伝《くでん》などの形で継承《けいしょう》されている例が多くあり、近代的、魔術的な視点での再評価が急がれています。具体的な評価例としては、ターフェナ郡の集団自殺事件が、同地に暮らす主婦による呪殺であると近代法で立証されており――」

出れば単位が取れると評判の、ミルトン教官の乙種魔術概論《がいろん》。いま現在、大教室にいる生徒は睡眠《すいみん》時間の確保や内職に忙しいが、そこにアディの声が色を添える。

喧噪《けんそう》の中で響いたエーテル・コードも美しかったが、静寂《せいじゃく》の中で教科書を読み上げる声も格別だった。教室の一番後ろの席にいるジノは、思うぞんぶん最前列近くにいる彼女の姿を観察することができる。

同級生の中でもとりわけ小柄な体。華奢《きゃしゃ》な肩にかかる長い髪。声もたたずまいも淡《あわ》く儚《はかな》い印象で、透き通る硝子細工《ガラスざいく》のようだ。

「ん。けっこう。次にこの呪殺というもののメカニズムだが――」

「先生。それは選択講座でのテーマです」

「あー、いかんな。こっちは概論か。ガイロンを間違えてフンガイヨン、なんてな」

ミルトン教官は一人で喋《しゃべ》って一人で受けて一人で素に戻っている。反応する人間は、例によって誰もいない。

魔術学院《アカデミカ》の教官にもそれなりにヒエラルキーというものはあり、一番の花形は社会に直結する甲種魔術の応用部門を教える教官たちだ。続けて基礎理論部門の教官たちが脇と土台を固め、それ以外の教官は空気か雑草のような扱いを受ける。その筆頭《ひっとう》がこのミルトン教官かもしれない。

まだらに白髪《しらが》が交じった灰色の髪に、アイロンのとれた白衣を着込んだ眼鏡《めがね》男。教えるのは乙種魔術の歴史や定義。学んだところで将来につながるわけでもなく、受講する生徒のやる気はないに等しい。

席についたアディが、ふと振り返ってこちらを見上げた気がした。ジノはいつもの癖で、慌てて下を向いて教科書を読むふりをする。

(……いや。べ、別に隠す必要なかったかな)

どうだろう。わからない。

朝の事件が事件だったので、向こうがこちらを気にしていたっておかしくはないだろう。わざとらしく顔などそむけなくても、軽く手を振るぐらいしたって許されたかもしれないのにこのトンマ。なんのためのミルトン教官のユル授業だ。

——確か、放課後に会おうと言っていた。

ジノの頭の中では、朝の事件とその後のやりとりが何度も繰り返され、会話は少しずつ美化されていった。

はっきり言おう。かなり浮かれていたのだ。

＊＊＊

ついに。

ついに放課後がやってきた！

ジノはこの時にかぎって誰かに遊びに誘われないよう、教師に面倒な用事を言いつけられないよう、鞄《かばん》と杖のケースを抱えたまま、そそくさとカニ歩きで教室を出た。

「おおいジノ。今日は学生ラウンジと教務棟《きょうむとう》の備品チェックを——」

「ごめん今日は無理だっ！」

「この薄情者《はくじょうもの》！」

心拍数《しんぱくすう》は過去最高値まで高まり、緊張《きんちょう》でどうにかなりそうなほどだった。

アディリシア・グスタフに指定された実験棟は、専科の研究生が使うことの方が多い理由で、ジノたちがいる基礎科の教室や学生ラウンジからは少し離れている。試験林や人工池を迂回《うかい》しなければならないのが面倒くさいが、なんとか実験棟の一階にたどりつく。

硝子のはめこまれた扉越《とびらご》しに、エーテル・コードの効果実験をしている白衣のグループが見えた。おそらく来年あたりは自分もあれをやるのだろう。横目に見ながら素通りする。そして、

（あった）

指定通りに一階の廊下のつきあたり。人気《ひとけ》の絶えた校舎の端に、ドアがあった。まるでジノを歓迎するかのようだった。

ジノはあらためて深呼吸をして、ドアを三回ノックする。

「――入ってちょうだい。いまちょっと手が離せないの」

まさしくアディリシア・グスタフの声がかえってきて、ジノは心の中でガッツポーズを取った。

心臓をばくばく言わせながら扉を開け――。

「う、うあ――――――――――――っ！」

今度こそ遠慮《えんりょ》なく絶叫《ぜっきょう》していた。

部屋の真ん中に、大きな木製の作業テーブルが置いてある。その上に椅子《いす》が乗っかり、さらに数冊の分厚い辞典が乗り、その上に制服姿のアディが乗っかっている。

いったいなんのサーカスだ。

彼女の足もとの椅子は、一応白衣の中年男が支えてくれてはいるが、辞典の方がずれてしまってグラグラだ。学年で指折りの優等生が、天井《てんじょう》からさがる照明の傘《かさ》にしがみついて、かろうじてつま先だけが辞典の方に乗っかっている状態なのだ。

「な、何やってんの」

「これ、どうしたらいいかしら」

「どうしたもこうしたもないよっ。電球離すかつま先離すかした方が」

アディはためらいもなく足を離す方を選んだ。照明の傘にしがみついたまま、きゅっと膝《ひざ》を縮《ちぢ》める。

ジノの立ち位置からだと、彼女のスカートの奥のほっそりとした太ももや、白い下着に包まれた小さなお尻も見えそうになっているが、今はたぶんそれどころではない。

「ち、ちちちちち、ちょっと待って。えぇっと、いま椅子持ってくからそこに降りて――わあああ」

天井の照明の方が、彼女の体重を支えきれずにコードごとすっこぬけた。

受け止めようと、ジノも気持ちだけはがんばった。結果は押しつぶされるようにクッションにされただけだったが。

「ラッキーと言うべきかしら」

照明のコードと傘を抱えたまま、アディが淡々《たんたん》とつぶやいている。ジノは背中に彼女を乗せたままそれを聞いた。

「ミルトン先生。電球の交換は失敗です」

「そのようだねえ」

「修理の余裕はあるでしょうか？」

「いやあ、どうだろうねえ。一応かけあってはみるけど……」

「やはり先生が上に上がるべきだったのでは？」

「勘弁《かんべん》してくれよ。僕ぁ高いところは苦手なんだよ。ニガテでミガッテ、なんてね」

そう言ってアディから壊れた照明と電球を受け取ったのは、乙種魔術の専門教官、ゴードン・ミルトン教官だった。

ここで照明器具を抱えて教室を出ていく後ろ姿も、やはり授業と同じように精彩にかけていた。せめて尻をかかずにドアを開けろというやつで。

「……あの、ごめんグスタフ。そろそろ降りてほしいんだけど……」

「あら、忘れていたわ」

アディもあらと言うわりには平坦《へいたん》な口調《くちょう》。ようやくジノの背中から尻をどかしてくれた。

あらためて周りを見回すと、そこはかなり雑然とした部屋だった。

授業のない空き教室の大半を埋《う》めるのは、大量の書籍だ。図書館でも資料室でもないはずなのに、作り付けの棚におさまりきらず、床の上にまで古書の類《たぐ》いが積み上がっている。物置かなにかだろうか。

そして置かれた本のタイトルが、またなんとも嫌な感じなものばかりなのだ。

『呪《のろ》いの実践』

『処刑の歴史と呪術の系譜《けいふ》』

『魔女術《ウィッチクラフト》の秘儀《ひぎ》』

――どれもこれも黒っぽいオーラが漂ってくる。

「呪術に興味があるの？」

ぎくりとした。

ジノが背表紙のタイトルに見入っているうちに、アディが思いがけない近さでこちらを覗き込んでいた。

本当に息がかかりそうな距離《きょり》。しかも彼女の手には、なぜか真っ白い頭蓋骨《ずがいこつ》が抱えられていたりする。

「おもしろいのね、ジノ・ラティシュ君。自分で自分を呪うのに、こんな玩具《おもちゃ》が怖いなんて」

こちらが名乗りもしないのに、彼女の方から名前を呼んでくれた。笑ってさえくれた。

感動もののシチュエーションも、骸骨《がいこつ》が邪魔《じゃま》すぎて喜べない。

「安心して。ちゃんと模造品よ」と顎《あご》のあたりをなでる姿は、まるでペットの頭をなでるようである。

戸惑《とまど》うジノにとどめを刺したのは、ごくごく短い単語だった。

「ルクセル・オグマ・ホ」

「――――」

「私、ちゃんと聞いたわ。あれはあなたが唱えていたのよね」

真っ直ぐな瞳が、言い逃れを許さなかった。

幼年学校《プレスクール》の女の子の間で流行《はや》っているおまじないを。いい年した魔術学院《アカデミカ》の男が。大まじめに実行していた。それが彼女にばれてしまった。

かっと顔に火がついた。

「……っ、た、頼むから誰にも言わないでよ。あれはちょっとしたつきあいってやつで」

「言わないわ。でもね、おつきあいで自殺するのはお勧《すす》めできないの」

穴があったら入りたいジノの横で、彼女はあらためて髑髏《どくろ》を床に置き直した。

「あなたはね、自分自身に呪いをかけていたの。あなたがあれを唱えたから、事故は起きたし車は爆発したの」

「そ――」

そんな馬鹿《ばか》な。

「いいえ、馬鹿でも嘘でもないわ。ほんとうのことよ」

彼女はまるで、こちらの心を読んでいるかのようだった。

しかしあの単語の文字列をどう解析したところで、奇跡を起こすエーテル・コードにはならない。魔術を使うための展開杖にも触れていない。それは誰の目にも明らかなはずなのだ。

「ねえ、ジノ君。あなたに一つ聞きたいんだけど。この世で超常の奇跡を起こすのは、甲種魔術だけなの？　あなたも一緒にミルトン先生の授業を受けているはずよ」

「そりゃ、そうだけどさ」

呪い。まじない。魔女の魔女術《ウィッチクラフト》に司祭《しさい》の祈禱。

呪術師にして初代校長、ユスタス・ボルチモアが甲種魔術を開発する前、世界はこれら乙種の技に頼らざるを得なかった。

魔女になれるかどうかは性差があるし、その中でもさらに個人差が出る。司祭の祈禱も信心という計測不明な不安定要素がからんでくる。うまく通じるかどうかわからない祈りを重ね、理由もわからぬ儀式をくりかえし、そうしてささやかな奇跡の恩恵《おんけい》を受けてきたのだ。

そんな不安定な状況を覆《くつがえ》したのが甲種魔術だ。

美しい理論。開かれた環境。それを学ぶ自分に誇《ほこ》りもあった。

彼女はテストの上位メンバーの常連で、甲種魔術の成績も抜群《ばつぐん》のはずだ。その彼女の口から出る言葉とは、とても思えなかった。

「私ね、放課後の課外活動は乙種魔術の研究にあてているの。ミルトン先生にいろいろ教えていただいているのよ」

「あのおっさんに……」

「ジノ君。おっさんは失敬よ」

アディは立ち上がり、教室後ろの黒板に近づく。そして色つきのチョークで、奇妙な記号を描きはじめた。

「あなたが唱えていた呪文は、確かに甲種魔術のエーテル・コードじゃないわ。でもね、別の方法論《メソッド》に照らし直せば奇跡を起こすまじないの言葉になるの。エミール南部のエドナ山脈の村に伝わる禁忌《きんき》の言葉よ。今の言葉に直すとこうなるわ。『すべての災《わざわ》いよ、我が身に来たれ』」

ジノは信じられない思いで、その言葉を聞いた。

必要なのは呪いの言葉と、一定の動作の繰り返し。続けることで奇跡を生むのだそうだ。

そんな馬鹿なと思う一方で、今までたて続けにふりかかった、いわれのない『ついてないこと』が脳裏《のうり》をかけめぐっていった。

「僕が……呪術をやってたって言うのか？」

「そういうことになるわね。ただし現地に伝わるやり方よりは、だいぶ簡略化されてるみたいだけど」

ジノは、思わず口ごもった。

「私、このアレンジはジノ君がわかってやってるんだと思ってたの。こんなにカイゼルの規格にあわせた効率のいい自殺の方法ってないって思ったぐらいだもの」

「あの、ごめん。やっぱり全部偶然だよ。呪術なんかじゃない。呪いなんかじゃない」

「ジノ君――」

「だってありえないよ。これを僕に教えてくれたのはね、幼年学校《プレスクール》に通う普通の女の子なんだよ！ 幸せのおまじないだって！」

思わず声をあらげてしまった。

だってそうだろう。きっといいことがあるから毎日続けてと言ってくれた、ミリーの気持ちを疑うのはごめんだった。

彼女が嘘で自分を陥《おとし》れるなんて――。

「……その女の子は、いまどうしてるの？」

「家にいるはずだよ。ちょっと階段踏み外して、熱まで出して学校休んでるんだ。ただでさえ可哀相《かわいそう》な目にあってるのにあんまりだ――」

そこまで言って、ジノははっとした。

彼女の視線を感じる。静かな、けれどはっきりこちらを問いただしてくる目だった。

「その子ももしかしたら、呪文の意味をわかってないのかもしれない。知らないで災いを招き寄せてしまっているのよ」

まさかという思いと、だからなのかと納得する思いがせめぎあう。

「僕は――」

「憶測《おくそく》だけで話してててもしょうがないわ。とにかく、その子に話を聞いてみましょう。

ジノ君、案内をお願いね」

「あ、ちょっと！」

アディは早々にチョークを置き、ドアの近くで手招きをした。

「早く」

慌ててジノも後を追う。

なんだろう。彼女、こんなに強引なタイプだったのだろうか。

教室を出るとき、ジノは一度だけ後ろを振り返った。床の上で笑う頭蓋骨は、なかったふり見なかったふり。かわりに出入り口のドアに、プレートがさがっていたことに気がついた。

そこには綺麗《きれい》な手書きでひと言。

『乙種魔術研究部』とだけ書いてあった。

＊＊＊

ともかくアディと並んで、三十分の道のりを歩いて、ジノの下宿前までやってきた。

ジノが地方出身の下宿暮らしだと言うと、アディは「うらやましいわ」と小声で言った。彼女はカイゼル生まれのカイゼル育ちらしい。

「そっちの方がうらやましいと思うけどな……」

「一人暮らしは甘美《かんび》な響《ひび》きよ。誰にも気兼ねをしなくていいんだから」

魔導具《まどうぐ》タイプの電球を見るのがはじめてで、交換の仕方がわからず一週間暗闇《くらやみ》の中で過ごした経験を教えてあげたかった。本当に教えたら格好悪《かっこうわる》いので口にはしないけれど。

「あっちが大家さんの家。こっちが僕が使ってる下宿だよ」

ジノはこまめに手入れされた大家宅と、さらに五十年ほど歳月を足した下宿の建物を交互に指さす。

「素敵《すてき》な下宿じゃない。家の中にいながら風の気配が感じられそう」

「前向きになれる褒《ほ》め言葉ありがとう」

「大家さんのところのお嬢さんなんですって？」

「そうだよ。幼年学校《プレスクール》の六年生なんだ」

「来年の進学先は？」

「さあ……ケーキ職人になりたいって言ってたから。普通に職業訓練校《ジョブスクール》じゃないかなあ」

エミールの一般的な子供は、ほぼ義務教育に近い幼年学校《プレスクール》を終えると、なりたい職につくための専門学校に通うか、弟子入《でし》りで修行を開始することが一番多い。

ジノたちもまた、魔術師という目標のために専門教育を受けている最中なのだ。

「つまり、ミリー・パウラーが呪術の専門的な知識を得ている可能性は少ない――」

「少ないじゃなくて全くないよ。この下宿、僕しか学院生はいないし――あ」

アディはすでに歩き出していた。

遅くはないが速すぎもせず、しかし脇目もふらず一定のペースを維持《いじ》した歩き方。あっという間に大家さん宅の玄関ポーチにたどりついて呼《よ》び鈴《りん》を押してしまった。

「あとはよろしくね、ジノ君」

とんだマイペースぶりだった。

やがて玄関先に出てきたのは、大家夫人。ミリーの母親だった。

年若い下宿生を世話することの多い夫人は、体型も言動も『肝《きも》っ玉《たま》母ちゃん』そのものだ。ジノを見かけた時は、時候《じこう》の挨拶《あいさつ》よりも先に「ちゃんと食べてるの」と言う。

「んまー、ラティシュ君。どうしたのちゃんとごはん食べてる？」

今回も一緒だった。

「い、いえ、僕は大丈夫です。家から缶詰とか送ってもらったばっかりですし」

「そお？　あまり日持ちするものばかりじゃなくて、野菜とか生ものもちゃんと食べるのよ。そうそう実家から送ってもらった玉葱《たまねぎ》が――」

「あの、ミリー……ミリーちゃんと話がしたいんですがっ」

今にもキッチンへとって返しそうな夫人に食い下がる。彼女は目を見開いた。

「僕たち、お見舞いがしたいんです」

「お見舞い？　あなたがミリーの？　――あら、そこのあなたも？」

夫人はジノの後ろにたたずむアディに気がついた。

はじめて見る顔。しかもめったに見ない学院女子の制服。夫人はこれをどう解釈《かいしゃく》するだろう。

アディは礼儀《れいぎ》正しく挨拶をした。

「ジノ君の友人です。ぜひご挨拶がしたいんです。よろしいでしょうか？」

「ええ、ええ、もちろんけっこうよ。ちょっと待っててね。いまミリーに話してくるから」

どうやら合格したようだった。

夫人はきびすを返して二階へ上がっていく。アディの楚々とした優等生顔も、こんな時にはうまく働くものだ。

(――優等生顔、か)

もはやアディを裏表のないお嬢様だとは、思えなくなっている自分がいた。

やがて夫人が戻ってきた。

「さ、上がってちょうだい。ちょうど退屈してたみたいなの」

「ありがとうございます。お邪魔いたします」

アディは何も気づいていないように、どこまでも物静かな女学生モードだった。

そのまま二人で階段を上り、ミリーの部屋の前までやってくる。

「今までお部屋に入ったことは？」

「一回……いや二回かな？」

引っ越して二年以上たつが、会話はほとんど表ですませてきたのだ。

プレートのかかるドアをノックすると、「いいよ」とミリーの声がした。

「やっほう、ジノっち。いきなりどしたの」

ミリーは自分の部屋のベッドに、パジャマ姿のまま腰掛けて待っていた。

寝癖のせいで、形の良いおでこが全開になっている。

そしてやはり、ジノが一緒に連れてきたアディの存在には驚いたようだった。「だれこれ」と、目で訴えてくる。

「えっと、彼女は僕の——」

「私はアディリシア。ジノ君とおつきあいさせてもらっているの」

激しく固まるジノ。顔色一つ変えないアディ。証拠のようにジノの腕に手をからめて、うっすらと微笑《ほほえ》んでさえいる。

ミリーは大口を開け、そして目を輝かせた。

「すごーいすごーい。いつからいつから？　きれーなひとじゃーん」

「い、いやあの、僕はその」

「ジノ君たら恥ずかしがり屋だから。それでね、ミリーちゃん。私もこんなに素敵なジノ君に知り合えて、とても感謝してるのよ。引き合わせてくれたミリーちゃんにどうしてもお礼が言いたくて」

「あ、あたしに？　あたしはべつになんにも……あ、もしかしておまじないのこと？」

「そうそれ。あなたがジノ君に教えてくれたんでしょう？」

ああ、なるほどなと思った。

単に彼女はこうやって、ミリーから必要な情報を引きだそうと思っているのだ。

（びっくりさせるなよな）

うっかり慌ててしまったジノを置いて、二人は盛り上がっている。年上の優しいお姉さん然としたアディを、ミリーは頰を上気させて見つめていた。

「——でねでね、これをずっと続けてるとイイコトがあるんだってシェンナが言ってたの」

「シェンナ？」

「うん。クラスの友達。シェンナ・マクビー。アタマいいんだよ。魔術学院《アカデミカ》受験用の塾《じゅく》にも行ってるの」

「そう……」

「このおまじないもね、あたしだけにってトクベツに教えてくれたんだ」

ミリーは心底嬉《うれ》しそうだった。

「ほらねえ。やっぱりいいことあるんじゃん。学校行ったらシェンナにお礼言わなきゃ」

「ミリーちゃん。落ち着いて聞いてね。そのおまじないはね、幸福を呼ぶんじゃなくてその逆の――」

「アディ！」

ジノは、とっさに彼女の肩をつかんでいた。

アディがこちらを見返す。その向こうに目を丸くしているミリーがいる。

でも、やっぱりダメだ。ジノは強く思って、首を横に振った。まだ言わないでほしい。

「なんなのよう。二人の世界に入らないでよう。あっついー」

無邪気なミリーの声だけが、部屋の中に響いた。


「ジノ君は、甘いのね」

大家さんの家を出てから、アディは言った。

優しい子、頼りない奴と言われたことはあるが、はっきり『甘い』と言われたことははじめてだった。

「……なんでもかんでも正直に言うことが正しいってもんでもない……と思う」

「そう？」

「厳しいよ。相手はミリーの友達なんだよ」

友達と思っていた、かもしれないけれど。

この状況で、「お前がジノに教えたのは、不幸を呼ぶ呪術だ。教えた奴にだまされていたんだ」などと教えたらどうなるだろう。ジノが味わった痛みと同じか、それ以上のショックだ。ミリーは傷つき泣くだろう。せめてもっと事情がわかってからにしたかった。

「みだりに呪文を唱えないって約束はしてもらったんだ。今はそれで充分《じゅうぶん》だよ」

「充分じゃないわ。私の高まりきった知的好奇心はどこで満たせばいいのよ。残尿感《ざんにょうかん》がはんぱないわ」

「お、女の子が尿とか言うなよな……」

「わかったわ。ミリー・パウラーに教えるのが禁止なら、シェンナ・マクビーに直接あたってみるもの。それなら文句ないでしょう？」

「そりゃ、ないけど……僕らが行って話してくれるかな」

「話させるのよ」

アディは静かに言いきった。

＊＊＊

どうも彼女は、普通の心臓のかわりに鋼《はがね》のタワシあたりが仕込まれているような気がする。

一番近いバス停まで彼女を送っていく道で、彼女は世間話のついでに自分のことを語ってくれた。

「たぶん私、知りたいことを放っておけない性質《たち》なの。よくみんな平気でいられるなって思うわ」

「そ、そうなんだ」

「近代魔術の世界はおもしろいわよね。でも甲種魔術は綺麗すぎていまいち燃えないの」

燃えない……？

「ユスタス・ボルチモアがいけないのよ。仕組みが解明されすぎているんだもの。なんだか埃《ほこり》一つない家の中を掃除《そうじ》して回っているみたいでしょう。つついて何があるかしらって思うの」

たぶん、まっとうな就職先とか、新しい技術の開発とか、そういうものがあるとジノは思った。

彼女の深い色の瞳には、興味があるものとして映っていないようだ。

「その点、乙種の世界は宝の山よ。泥《どろ》付きのニンジンみたいに、原始の神秘が神秘のままギラギラしてるの。うちの学院には素敵な先生もいらっしゃるし、研究するにはうってつけの場所よね」

「素敵な先生って……誰？」

「いやね、ジノ君。ゴードン・ミルトン先生に決まってるじゃない」

「はあ?」

すっとんきょうな声をあげてしまった。

ゴードン・ミルトン。あのダジャレ好きの冴《さ》えない眼鏡。

「す、すごい趣味だね……」

「ええもちろん、異性として見ても素敵な方だとは思うけど。教師と生徒の恋は認められないと思うから却下なのね」

だから私は教え子としてついていくの。アディはそう言った。

バスがやってくる。彼女はそのバスに乗り込むため、「またね」とさわやかに走っていく。

ジノに残ったのは、知ってしまった事実のインパクトだけだった。


家に戻ると、実家から送ってもらった缶詰をあたためて、残っていたパンと一緒に食べた。今日の夕飯だ。途中で野菜も食べなさいという大家さんの発言を思い出して、茹《ゆ》でたブロッコリーも追加した。同じテーブルで宿題を終わらせて予習をしたら、もう時間はいくらも残っていない。それがジノ・ラティシュの日常。あたりまえの毎日だった。

アディも今頃は机の前だろうか。その上で開いている教科書は、もしかしたらまったく別のものかもしれないけれど。

外の空気がすいたくて、ジノはペンを置くと下宿のドアを開けた。

階段を下りて庭へ出る。

空のスモッグは薄く、昨日に比べればよく晴れていたが、故郷ほどの星はのぞめない。

これもカイゼルでは当たり前だった。

（……ミルトン教官か）

ジノの知るかぎり、あの教師はまともな論文も発表せず、生徒の指導もしないお荷物の典型のような気がしていたのだが。アディがあそこまで惚《ほ》れ込《こ》む要素があるのかさっぱりわからない。まさか——本当におっさん好きの枯《か》れ専《せん》なのだろうか。

「ジーノっち」

呼び声に頭を上げれば、ミリーが自分の部屋の窓を開けていた。

「なにしてんの？」

「ちょっと、休憩《きゅうけい》かな」

「お星様の観察とか？」

「見えないよここからじゃ」

「そう？　あそこにもあそこにもいっぱいあるじゃん」

「あれぐらいは見えてるって言わない」

「えー」

「星ってのはさ、もっとうじゃうじゃ気持ち悪いぐらい見えるもんだって」

「やめてよう。そんなのジノっちの田舎《いなか》だけなんじゃないの？」

気味悪そうに言うミリーに、ジノは少し笑った。

この街のネオンとガスを一度に取り払う魔術が見つかれば、ミリーもジノの言う意味がわかるかもしれない。本当の星がどれだけ美しいか。

「……なあミリー」

「ん？」

「シェンナって、どんな子なんだ？」

「すごいこ」

ミリーは、真夜中でもはっきりわかるほど、うっとりと瞳を細めた。

「みんなの人気者。大人っぽくて頭良くてね、なんでも教えてくれるの。勉強でもなんでも」

「そっか……」

「あー、なにその気のない返事。誰のおかげであんなきれーなカノジョできたと思ってるの。ジノっちのくせになーまーいーきー」

「あ、あんまり大声出すなよ。大家さんに聞こえるぞ」

言ったとたんに、母屋の一階の明かりがついた。ミリーはあわてて窓をしめる。

ジノも下宿の部屋に戻って、あらためて窓から空を見上げた。

（だめだって。やっぱり、本当のことを言うなんてできないよ）

ここにはじめて来た時は、電球の付け方がわからなくて、真っ暗な部屋の中で空を見上げて、星すら見えない現実にへこんで泣きそうになった。けれどそんな情けない自分を見ていたのが大家さん一家であり、そこの一人娘のミリーだった。

星の見えない都市《まち》の空。

せめて彼女の笑顔だけは曇らないように。泣くことのないように。

そう願ってしまうことは、そんなに——甘いのだろうか。

＊＊＊

「グスタフってさ、どっか体悪いのか？」

クラスメイトが、さっきから窓の向こうのグラウンドを気にしていた。

資料室から教室へ移動する途中だった。廊下から見えるグラウンドは、ちょうど隣《となり》のクラスの実技の授業が真っ盛りだ。戦闘訓練《せんとうくんれん》も入る課題はなかなかハードで、芝生《しばふ》の上に火柱があがることもある。

こういう時、集まって評価する率直な見所と言えば、実地で唱えるエーテル・コードの精度もさることながら、トレーニングウエアに着替えた女子生徒のスパッツなども大事な要素だったりする。しかしはじめに指摘した通り、グラウンドに出ているメンバーにアディの姿はなかった。

　かわりに彼女は、制服のままベンチにいる。他の女子のジャージの上着を抱えて荷物番をしているようだ。仲間の好プレーには拍手し、ひかえめに笑い、よくなじんでいる雰囲気だった。

「そういや、あんまりランニングとかには出ないよな」

「病弱か？　なんかお嬢っぽいし」

「お嬢と言えば病弱だよな」

「それ関係なくね？」

「なんにしてもかなりレベル高いよな。ちびっこいけどバランスはいい」

　遠巻きにアディのことを喋るクラスメイトを見ていると、どうにもいたたまれない気持ちになってしまう。

「なんだよジノ、冷めた顔して。おまえグスタフとかだめ？」

「だ、だめっていうかさ」

「バカだなあ。こう見えてラティシュ先生は乳のない女に興味はないオッパイ大帝だぞ。四六時中、二十四時間考えてることは乳のことのみ――」

　ちょっとあんたたち！　さっさと教室入って！

　うっとうしげなクラス委員の一喝《いっかつ》で、ジノたち男子は魚の群れが方向転換するように教室へ向かっていった。

座席についた時、ジノは机の中に何か入っていることに気がついた。引っ張り出すと、メモだとわかった。ノートの切れ端で作ったメモ用紙だ。

（……ほんとにどこの誰が病弱のお嬢様だって？）

ひょっとしたら、枯れ専で乙種魔術オタクかもしれない疑惑まであるのだが。


――ジノ君へ。放課後、六時に『エイティーン・バーガー』であいましょう。

――服装は私服でね。


やわらかくも有無《うむ》をいわさぬ調子が、端正《たんせい》な文字からにじみ出ている。

「どうかしたか？」

「……ううん、べつに」

ジノが秘密のメモをポケットにつっこんだところで、教師が教室に入ってきた。

あらためて黒板へ向き直る。

壁の時計で時間を確認しようとしたら――おどろいた。

いつのまに取り外したのだろう。綺麗さっぱり時計がなくなっていて、そこだけ日焼けを免《まぬか》れた壁が、真っ白い跡をさらしていた。

アディに指定された『エイティーン・バーガー』は、同じアーマント島内にあるハンバーガーショップだった。

ジノは言われた通り、私服でカウンターの席をとる。アディの姿はまだ見えない。注文を訊《き》く店主に、メニューで一番安いセットのピクルス抜きを頼む。

窓の向こうに、王立クローブ競技場の旗が見えた。特にクローブ好きというわけでもないが、今年も『帝王』ひきいるカイゼル・エストリシュが圧勝だろうという噂《うわさ》ぐらいは聞こえてくる。

注文の品がやってきた。セットの値段は安く、出てきたハンバーガーのボリュームはそこそこ。味もまあそこそこ。特別良くもなければ悪くもない。

それでもアディがこの店を指定した理由は、なんとなくわかった。

（……合格予備校、か）

一番近くにクローブ競技場があるが、この時間帯の主な利用客は、はす向かいに見える塾の生徒たちだった。いわゆるカイゼル魔術学院《アカデミカ》の進学を目指す、専門の予備校である。

郷里の街で似たような塾に通っていたジノには懐《なつ》かしい光景だった。

『重要参考人』のシェンナ・マクビーは、幼年学校《プレスクール》が終わると、この塾に通っているのだろう。

「――あーあ。やだもう。どうしたら成績って上がるのかなあ」

店の中は、ジノより少し下の世代の少年少女の声であふれている。授業がはじまる前の軽い食事とお喋りだ。ジノは壁に貼《は》られた学生リーグの対戦表を眺めながら、周りの会話に耳をすましてみた。

彼らの口をつくのは、おおむね勉強のぼやきだ。肩が凝《こ》った目がつかれた、テストの点がやばいやばいやばいやばいやばい。ジノたちが日頃、学生ラウンジのベンチでぼやいているセリフがそのまま真後ろのテーブルから聞こえてきて、ちょっと脱力しそうになった。

「あんたたちね、ちょっとへこたれすぎ。そんなんじゃ入ってから大変なんじゃないの？」

ジノの思いを代弁するように、メンバーの一人が笑った。

テーブルの一番奥に座る少女だった。明るい栗色《くりいろ》の髪を肩まで垂らし、大きめのサマーセーターからショートパンツと長い足をさらしていた。全体にはっきりとした顔立ちで、体型も含めて幼年学校《プレスクール》の生徒に見えない。大人っぽい子もいるものだなと驚いた。

「でもシェンナ――」

ジノは耳を疑った。

「でもじゃないって。あたしの前で貧乏《びんぼう》くさい愚痴《ぐち》吐《は》くのは禁止だからね」

「シェンナは合格確実だからそう言うんだよ」

「まあねえ」

まさか彼女が、シェンナ・マクビーなのだろうか。

盗《ぬす》み聞《ぎ》きという状況も忘れ、ジノはジュースのストローをくわえたまま、後ろのテーブルの状況に釘付《くぎづ》けになった。

学院入りを目指す塾校生《プレスクール》のはずだが、シェンナを囲むメンバーは、男子も女子も入り交じって賑《にぎ》やかだ。幼年学校にいても、たぶん魔術学院《アカデミカ》に上がっても、かなり目立つグループに認定されるに違いない。そしてグループの中心にいるのがシェンナ。これもたぶん間違っていない。

外見や口調で圧倒的な存在感を放つシェンナを中心に、ナンバー2が脇を固め、釘や砂鉄《さてつ》が吸い付くように、その他大勢がぞろぞろと――。

「ぶはあ」

不覚にも噴いてしまった。

彼らのテーブルの端っこに、ちょこんと座って、体に似合わぬ大きなハンバーガーをかじっているのだ。アディリシア・グスタフが。

向こうに気づかれる前に、ジノは必死に前を向き、姿勢を低くして発作《ほっさ》をやりすごす。

(な、なななななんあな、なんでなんでグスタフが)

そしてもう一度、脇の間から後ろを見る。間違いない。彼女だ。

アディは綺麗なストレートの髪を、キャンディーの髪留めで二つ縛《しば》りにし、幼児趣味がありそうなおじさんなら大喜びしそうなフリフリのミニワンピースを着て、ボーダーのハイソックスの足をぶらぶらさせていた。

もともと華奢で小柄な彼女は、意外に『こういう』格好が似合ってしまう素地があったようだ。しかし衝撃は衝撃だ。

あの優等生のお嬢さんらしい、実はかなりふてぶてしい性格かもしれないアディリシア・グスタフがロリロリになっている——。

「えーっと、それでさ。リンダ・ミンダさんだっけ？　面倒だからリンダでいい？」

「うん、いいよお☆」

すごい。声までブリブリだ。

ジノはテーブルに突っ伏したまま肩を震《ふる》わせた。おかしいやらショックやらで、横隔《おうかく》膜《まく》がどうにかなりそうだった。

リンダと名乗るアディは、食べかけのハンバーガーを置いて笑った。いつもの楚々とした微笑みではない。白い歯を見せた『ニカッ』とした笑い方だった。

「前はどこの塾にいたの？」

「パーゼッタなのね。ほんとはあっちの魔術学院《アカデミカ》に行くつもりだったんだよ。いきなり引っ越しでサイアクぅって感じで」

「成績は？」

「Bのプラスってとこかなぁ。でもカイゼル魔術学院《アカデミカ》ってもっとレベル高いんだよねえ」

「大丈夫大丈夫。まだ九月だし余裕あるって」

「そっかなあ……」

不安で泣きそうな顔のアディ（かなりロリ）に、シェンナは慰《なぐさ》めの言葉をかけている。

こちらの方がずっと年上に見えるから恐ろしい。

「うん。うちの塾、カイゼルでもけっこうイイとこだから。入塾テスト受かったんなら見込みある。自信もちなよ」

「そう?」

「なあなあシェンナ。そろそろオレの証拠品、見せてもいいか?」

横から同じテーブルの少年が身を乗り出した。

「あんた気が早すぎ」

「だって今回はすごいんだって」

アディは二人の顔を交互に見て、きょとんと首を傾けた。

シェンナが言った。

「あたしたちね、持ち回りで魔術学院《アカデミカ》にもぐりこむゲームやってるの」

え。

「えっ、え——っ!」

アディはすっとんきょうな大声をあげ、あわてて口をおさえた。「シッ」とシェンナが指をたてる。

「で、ででででも、それっていいの? 魔術学院《アカデミカ》に内緒なんでしょ?」

「もちろん内緒よ。でもそれがいいんじゃない。ねえみんな」

周りのメンバーは、含み笑いをしながら頷《うなず》いている。

それは験担《げんかつ》ぎをかねたゲームなのだという。志望校の魔術学院《アカデミカ》に忍び込んで、小さな『証拠品』を持って帰ってくる。

「いろいろあったわよね。ロゴ入りの万年筆とかプリントとか。ねえリー、これってパズルのピース？　あんたが持ってきたんだっけ？」

シェンナは鞄からペンケースを取り出して開けるが、その中に入っていたのは、魔術学院《アカデミカ》の名が入った大量の文房具類だった。

「でさ、今回はこれ。じゃーん、時計だったりして」

「ば、馬鹿ね！　いくらなんでもばれるわよ！」

鞄から、教室の掛け時計をのぞかせた少年に、みな爆笑している。

アディはすっかり面食らっていた。

「もしかして……リンダはこういうの、嫌なタイプ？」

シェンナが訊《たず》ねた。妙な緊張感が走った気がした。

面倒見の良い姉御肌《あねごはだ》として。グループの一番上に立つ人間として多少の選別と優越感もこめて訊いているのかもしれない。ここまでジノが肌で感じた偏見《へんけん》をこめて言うならたぶんこうだ。このぽっと出の田舎者は――あたしのグループのどの位置に入れるべき子かしら。

「ううん――なんか楽しそう！」

「でしょう？」

シェンナは目を細めた。

ジノは後ろから揚げ物を食べ過ぎたことに気づいたように、じわじわと胸が悪くなってくる。『リンダ』は合格。彼女はそう言っている気がした。

「シェンナなんかね、持って帰るだけじゃなくて、普通に講義も聞いてるのよ」

「へー、すごいっ。どんなのどんなの？」

「たいしたことないわよ。興味があるのをちょこちょこ聞かせてもらってるだけ。塾じゃ受験の科目しか教えてくれないからタイクツなんだもの。魔術史とか、乙種魔術の講座とか——」

シェンナは肩にこぼれる髪を、余裕たっぷりにかきあげる。

「ねえリンダ。あなたはあたしたちと一緒だから教えてあげるわね。これって今でも使える本物の乙種魔術なのよ」

彼女はその口で、『おまじない』のことを話した。

おどろいた顔をしている『リンダ』なアディを、シェンナは満足げにながめている。

「——本当なんだから。ためしに幼年学校《プレスクール》のドン臭そうなのに教えてみなさいよ。幸福のおまじないとか言って。おもしろいぐらい簡単にひっかかるから」

ジノはカウンターから立ち上がった。今すぐこの場で振り返ってミリーの名を叫《さけ》び、彼女が受けた痛みをシェンナにぶつけてやりたかった。

だがその瞬間、大きくグラスが倒れる音が響いた。

「ちょっとお。リンダったらもう。ぐずぐずしてないで早く洗ってきなよ。染みになるよ」

「うんうん、そうする。ごめんねえ！」

アディがテーブルのジュースをこぼしたらしい。白いスカートに水滴をしたたらせ、困り顔で手洗い所へ走っていく。

「いやーん、さいてー。ちょー参るー」

そう言う彼女と、ほんの一瞬だけ目が合った。

ジノにはそれで充分だった。すべての感情をねじふせて飲み込んで、店の外へ出る準備をはじめた。


——本当に最低だった。

ジノが店を出た十分後、アディは一人で競技場前の大通りに現れた。

こちらは街灯の下で、軽く手をあげる。アディのフリルだらけの白いスカートに、オレンジジュースの染みが浮いていた。隠すそぶりもない。

かわりに派手なキャンディー型の髪留めを外し、髪に風を通している。

「トイレの窓って、意外に狭いのね。脱出するのに手間取ったわ」

「みんなまだ中ってこと？」

「そうね。でも一人ぐらいいなくても、授業がはじまれば気にしないわよ」

アディはそっけなく言い切った。

今日顔をあわせたばかりの、少しそそっかしくてドン臭い新入りの顔が見えなくても、彼らは気にしないし気にも留めない。たぶんその通りな気がした。

「立ち会ってくれてありがとうね、ジノ君。一人はちょっと危ない気がしたの」

「……僕さ、今すごい気分が悪いんだ」

「奇遇《きぐう》ね。私もよジノ君。ポテトの油が悪かったのかしらね」

いま、学院のあちこちに発生しているおかしなこと——トイレの石鹸《せっけん》がなくなったり、資料室の窓が開いたままだったりといったトラブルは、彼らの仕業《しわざ》に違いない。ペンケースにあったジグソーパズルのピースは、資料室にあった図柄の一部だ。ジノはしっかり覚えている。

でもそれは別にかまわなかった。

その程度ですんでいれば良かったのだ。ほんのちょっと、日直の生徒がカンニングを疑われる程度ですんだのだから。

「ねえ……グスタフ。乙研部長」

「なに？」

「呪術っていうのは、人を呪うっていうのは、こんな簡単にできるものなのかな。こんな、遊びか気晴らしみたいにさ」

絶望してしまうではないか。

必死になって魔術学院《アカデミカ》に入って、エーテル・コードの仕組みを学んでいる意味がない。なんのための甲種魔術だ。ユスタス・ボルチモアが開発した最強の汎用《はんよう》魔術だ。

「意味ないじゃないか。なんで僕たちは甲種魔術なんか……っ」

「それは違うわ、ジノ君」

悔《くや》しさに声を震わせるジノに、アディが言葉を重ねた。ふわりとやわらかく、上から手を重ねるように。

「甲種と乙種の魔術は違うものなのよ。これから先も、甲種魔術の優位は揺らがないって、ミルトン先生もおっしゃってたわ」

「でも」

「あの子には、呪術のコツを理解して広めるだけの才能はある。それはほんと。でも、それだけとも言うわ。呪うっていうのがどういうことかわかってない」

王立クローブ競技場で、大きく歓声が沸き上がった。どちらかが勝ったか、点を入れたかしたらしい。

後になって気がついたことがある。このときの彼女は、決して後ろを、競技場の方向を振り返らなかった。いっそ不自然なほどに、目の前にいるジノだけを見つめていた。

だけどその時は、真剣に語るアディの言葉やまなざしに、そうであればいいと願うだけだった。

***

遊戯《ゲーム》の参加者は、前日のくじ引きによって決められる。

この日も彼女は、くじの当たりを引き当てた。一つだけ印のついたノートの切れ端を周りに見せつけ、「またなの」と嘆いてみせたが、それもまたポーズであることをみな知っていた。

「それじゃあ明日、証拠持ってくるから」

いつものように彼女は約束をして、塾を出る。

昼の間に行われる幼年学校《プレスクール》の授業は、はなから聞く気がなかった。彼女がとっくに知っている、基礎的な計算や綴《つづ》り方の授業など、時間の無駄《むだ》にしか思えなかった。簡単に解けてしまう計算問題につまずくクラスメイトが馬鹿に見えたし、何度も彼女に解き方を教わってくるミリー・パウラーなど、彼女をいらつかせる人間の筆頭だった。

馬鹿とつきあうのは時間の無駄。早く馬鹿のいないところに行きたい。それが彼女の望みだった。

カイゼル魔術学院《アカデミカ》を受験すると決めて、専用の塾に行き始めて、彼女の世界は少し居《い》心地《ごこち》が良くなった。けれどまだ足りない。

しょせん塾は塾。合格を目指す者の予備校である。入った時から合格確実を言われている彼女に釣《つ》り合《あ》う人間は多くなかった。

だから魔術学院《アカデミカ》なのだ。

人間のレベル的には、現役の学院生を相手にした方が自分には釣り合う。授業にだってついて行ける。その思いは、実際に学院にもぐりこむようになってから一層強くなった。

(――よかった。まだ間に合いそう)

彼女は幼年学校《プレスクール》が終わると、大急ぎでバスに飛び乗って学院の垣根《かきね》を乗り越える。うまく行けば、午後の授業のひとコマをまるまる聴講《ちょうこう》できることがあるのだ。

周りの人目を盗んで、建物の窓辺から顔を覗かせると、中は授業の真っ最中だ。

ゴードン・ミルトン教官の乙種魔術講座。

前に校内で拾った時間割表に、そう書いてあった。選択授業らしく、教室の規模の割に人が少ない。ありきたりを嫌う彼女にとっては、この人の少なさも気に入る理由だった。いかにも『特別』っぽい感じがする。

白衣の前を開けた中年教官が、黒板の前を行き来しながら話している。

「――えー、前回までは、各地に伝わる呪術の実例とその実践方法について説明してきたわけだが。諸君としては例の豊富さに驚いたことと思う。乙種魔術というのはだな、現在でも立派に通用する一つの技《アート》なわけだ。この実例の数々が証明しているともいえる。

しかし現在の主流は、君らが積極的に学ぶ甲種魔術に移ってしまっている。それは何故《なぜ》だと思うかね？」

「え、えっと……乙種の術に曖昧《あいまい》な部分が多いから、でしょうか」

「曖昧？　どういう意味かね」

話をふられたのは、彼女があまり見たことのない少年だった。教官の質問に、しどろもどろになりながら答えている。

「こ、個人の素養に左右されやすいとか？」

「ふむ。個人の素養に左右されやすい。なるほどその一面も確かにある。魔女術《ウイッチクラフト》などがいい例だ。だが素養のない人間でも、一定の儀式を繰り返したり、規定にそった道具をそろえることによって、効果が見込める呪術の例が沢山ある。いわゆる『おまじない』の類いだが。これはどう説明するかね？」

彼女は教室の外で頷いた。

幼年学校《プレスクール》でミリー・パウラーに教えた『おまじない』は、まさしくその『儀式を繰り返すことによって効果を生む呪術』というものをアレンジしたのだ。効果は絶大。彼女は魔術の威力《いりょく》に惚れ惚れし、自分の才能をあらためて確信した次第である。

「呪術が敬遠されるようになった一番の理由はね——報《むく》いの存在だよ、君」

彼女は息を呑《の》んだ。

教官は、なおも饒舌《じょうぜつ》に喋り続けている。

「悪意の術には悪意の作用。善意の術には善意の作用。術の性質と同じものが術者自身の身にも起きるんだ。本職の呪術師《ソーサラー》たちは、これを鏡の反射にたとえて回避することに一番の神経を使う。それでもしくじればこうなる」

黒板に、新しいパネルが張り出された。

それは、半身に入れ墨《いずみ》を入れた男の写真だった。かなり古い写真らしく、輪郭《りんかく》は粗《あら》くぼやけている。しかし入れ墨の柄を横断するように、鬱血《うっけつ》した染みが浮き出ている様ははっきりと見て取れた。

「彼は三日後に死亡しているね。山の落石にまきこまれたそうだ。地元の警吏《けいり》は事故と処理したらしい。呪った副作用なんてものを裁く法律はないからね」

彼女は思わず、自分の服の袖《そで》をまくってみる。気のせいか、二の腕あたりにほんのり赤い染みらしいものが出ている——気がした。

そんなはずはないと叫びたくなる。だって自分は何もしていない。

(してないでしょう⁉)

ただ教えただけだ。馬鹿でドン臭《くさ》い幼年学校《プレスクール》のクラスメイトに、こうすれば幸せになると嘘を教えてやっただけ。勝手に災いを呼び集めて、クラスメイトは階段から落ちた。

それでも相手が不幸になれば、それは呪いをかけたということになるのだろうか。

はじめに呪いをかけたのはお前だと、天から——見ているモノがいるのだろうか。

「——甲種魔術のすごいところはね、この報いにあたるリスクがまったく存在しないことだよ。ボルチモア師の一番の功績と言っていいかもしれないね。リスクなしに奇跡を起こせる。しかも理屈が理解できればたいがいの人間に使えるときた。だから僕ら教師は、学校で気兼ねなく生徒に言えるわけだ。勉強するなら甲種魔術にしときなさいとね。こうしゅときなさい、なんて。あっはっは」

「先生、それでいいんですか――」

体中が、ひどい熱がでたように震えている。彼女は地面に腰をおろした。それでも体の震えはおさまらなかった。両手で体をかき抱く。きつく目をとじる。

(だれか)

(だれかあたしをたすけてよ)

だれか――。

＊＊＊

一週間が、すぎた。

この頃にはミリー・パウラーも、杖をつきながら学校に行き始めた。

ジノは二度目の魔術史のテストをむかえ、前回ほどの成績とはいかないまでも、そこそこの点数を取って信頼の回復につとめた。

校内の備品がなくなるケースも、この頃になると落ち着いた。

まるで何事もなかったように、と言える状況ではあった。

思えなかった人間だけが、地獄のような責め苦にあえぎながら、この日の夜を待ち続けたのだろう。

――現在時刻、午前零時《れいじ》。晴天。


正門近くのボルチモア像の前には、すでにアディリシア・グスタフが到着していた。

「ごめん、遅れた」

「ジノ君、ここよ」

「気にしないで。私もいま来たところだから」

まるでデート中のカップルのようなセリフではあるが、あいにく甘い気分にひたれる状況ではない。互いに制服姿で、ジノはあたりをはばかるように周りを見回す。

「僕、こんな時間に学校来るなんてはじめてだよ」

「そう？」

「君んとこ、自宅通学だったよね？」

「ええ、そうよ。それが何か？」

あっさりと答えるアディに、ジノは微妙な気分になってしまう。

「私のことは、今はいいでしょう。地下鉄がないからお小遣いをはたいてタクシーでやってきた乙女心《おとめごころ》を無にしないでちょうだい、ジノ君」

こんな深夜に女の子がうろついて問題なしとは、かなりの放任家庭のようだ。少なくとも、ジノの家なら考えられない。

ここは真夜中のカイゼル魔術学院《アカデミカ》だ。昼の間は眠たげな初代校長像も、この時間は今にも動きだしそうに見える。できるだけ目を合わせないようにしながら、ジノはアディの後を追って歩き出す。

「……けっこう明かりがついてるもんだね」

「実験が終わらないチームは徹夜だってするでしょう。研究生は学会だって近いでしょうし」

専科の研究生も含めた上級生がつめる建物は、この時間でもちらほらと明かりが灯《とも》っていた。明日は我が身、である。

「このあたりに彼女はいないわ。もっと奥ね」

空には月が出ていた。今にもはちきれそうな、まがまがしいぐらいに明るい満月だ。

そしてたどりついたのは、敷地《しきち》の隅《すみ》にある人工池である。

校舎の明かりは、手前の試験林に阻まれて届かない。上空の満月が、池の水面に映って揺れている。場所が都心の一等地であることを一瞬忘れるような、緑の匂いが濃《こ》い景色だった。

「ジノ君」

アディが静かにささやいた。

ジノも頷く。

視界は月のおかげで明るい。池のほとりに、人が一人立っている。

少女らしいその人影が、ポケットから何かを取り出した。角度によって鋭《するど》く光る――

ポケットナイフだ。

まくりあげた左手の手首に向かって――。

「斬《き》るわ」

ジノは杖のカバーを外して、勢いよく振り下ろす。


「エグ・ルスル・ルグド・ル！」


唱えたエーテル・コードに、地中のエーテルが反応。奇跡の激鉄《げきてつ》を叩く。

突如吹き荒れた突風が、人影を池の中へと突き落とした。

「意外に思い切りのいい人なのね、ジノ君て」

「すいませんね。単に手加減とか下手《へた》すぎるだけなんだ」

本当はもうちょっと穏便に、ナイフだけを飛ばすつもりだったのだが。本体ごと飛んでしまった。

ジノは制服の上着を脱ぎ捨て、突き落としてしまった人を助けるため、池の中へと踏み込んだ。底は意外に浅い。進んでも胸ほどしかなかったが、長年のヘドロがたまって歩きづらいことこの上ない。けっきょく泳ぎに切り替える。

おぼれてもがいている少女を、後ろから羽交《はが》い締《じ》めにし、岸へと連れていく。

草地の上に放り出すと同時に、ジノも地面へ倒れ込んだ。

少女の名前は、シェンナ・マクビーだ。

たった一週間見ない間に、彼女はずいぶんと痩《や》せたようだった。幼年学校《プレスクール》指定の野暮《やぼ》ったいジャージの上下を着て、髪をゴムで簡単に縛った跡《あと》がある。部屋着のまま家を出てきたのかもしれない。

「う……ん」

目をつぶったまま彼女はみじろぎし、やがて覚醒《かくせい》する。

「あ、い、いやあっ」

「シェンナさんね」

「来ないでよおっ！」

アディが声をかけて近づいたとたん、彼女は両手をめちゃくちゃに振り回した。そのまま拳《こぶし》を地面に叩きつけ、うなり、最後は声をころして泣きはじめた。

全身から滴《しずく》をたらしながら、シェンナは泣き続けた。

「じゃ、邪魔しないで。あたしの邪魔しないで。じゃないと、ほんとに、死んじゃうんだから……」

「お風呂に入れない？　自分で自分の体を見るのが怖い？　呪いの報いがどこまで浸透

したかと思うと眠れない？　早く楽になりたい？」

シェンナの肩が揺れ、泣きはらした顔がアディを見上げた。

「この顔、覚えてない？」

アディは自分の長い髪を、無造作《むぞうさ》に持ち上げて二つ縛りの真似《まね》をした。

「リンダです」

「あ」

ジノたちはこの一週間、シェンナが学校にやってくるのを待っていたのだ。

彼女が乙種魔術講座を、無断で聴講しているのはわかっていた。彼女を動かすには、ミルトン教官に頼んで、授業の中身を少し変えてもらうだけで良かったのだ。

呪いのリスクを教え、回避する方法も教える。たとえば満月の晩、池に患部《かんぶ》の血を流せば浄化ができる。そんな情報を意図的に流してもらったのだ。

「アーマント島でちゃんとした池がある場所って、魔術学院《ここ》しかないものね。きっと来てくれると思っていたの」

「あ、あなたたち賢人会議のナンバーズとかそういう人？　あたしのことどっかに突き出すの？」

「少し違うわ。そんなことより手を見せて」

アディは、シェンナの右手を取り、濡《ぬ》れた袖をまくった。

後ろで見ていたジノは、顔をしかめそうになった。ひっかき傷が無数に走り、赤く腫《は》れ上《あ》がっている。

「呪いには報いがある。それを回避する方法がある。前半は正しいけど、後半は少し嘘なのよ」

「そんな……っ。じゃああたしはもう助からないの？」

「本当に綺麗な体になりたかったら、押しつけて」

アディはシェンナの目を見ながら、おさえた声音で言った。

「この一週間で、あなたの中の呪いの報いは充分に育った。残りは私が引き受ける。それを言いにきたの」

シェンナは、そんな彼女から目をそらせなかった。

月明かりに浮かぶアディの姿は、まるで真実を告げる占い師だ。

「なんで？　あたし、そこまでしてもらえるほど……」

「怖い目にあたなら、もう充分遭《あ》ったでしょう」

アディの言葉に、シェンナの泣きはらした目から、ふたたび涙があふれだしていく。

「それに私の方が、あなたよりも年上で何倍も優秀で、乙種魔術も甲種魔術も真面目《まじめ》に勉強してる優等生だから。それだけじゃいけない？」

これもたぶん、本気で言っているのだろう。

「……もう二度とやらないって約束してね」

「ごめんなさい。ごめんなさい」

シェンナは泣きじゃくりながら、何度もくりかえした。

その詫《わ》びの言葉の中に、ミリー・パウラーの名前が含まれていることを、ジノは心の中で祈るしかなかった。

そのまま二人の間で、新しい儀式がはじまる。

まずアディは、シェンナのジャージを脱がせた。

「ジノ君、少しあっちをむいていて」

「あ、うん」

なにげなく言われて、ジノは背を向けた。一、二分してから、そろそろいいかと振り向きかけ、はっと息をのむ。

シェンナはジャージどころか、Tシャツまで脱がされていた。満月の明かりに、胸のふくらみかけた、一糸まとわぬ上半身が浮かび上がっている。

だが、妙なスケベ心が出てくるより前に、彼女の肌をまだらに染める、赤い鬱血の方が目に飛び込んできた。

「はじめは、腕で。そのあと、全身に出てきて。もうあたし、死んじゃうって思って……」

「大丈夫。全部私が引き受けるから」

アディはシェンナの胸元に手を置き、小さくつぶやいた。

「エスタジュ・オグマ・ホ」

　触れていた手を、自分の胸元へと移す。

「……それ、どういう意味なの？」

「あなたの災いよ、我が元に来たれ」

　言葉につまるシェンナを前に、アディは悪戯《いたずら》っぽく笑んだ。

「本当はこういう時に使う呪術なのよ」

「……ごめんなさい。ごめんなさい……っ」

「肌の方はじきに元に戻るから。これ以上いじらないでね」

　シェンナは何度も頷き、そのまま——地面に倒れ込んでしまった。

「ちょっと！」

「ほっとしたんでしょう。無理もないわ」

　ジノは駆け寄ろうとするが、アディは落ち着いたものだった。

「ジノ君が途中でこっち見てたのも、ちゃんと気づいてたわよ？」

「そんなこと言ってる場合じゃないだろ……っ」

「大丈夫。あとは先生に送っていただきましょう」

　彼女が自分の上着を脱ぎ、シェンナの背中にかけた。その後ろで足音がした。

　例の眼鏡——ゴードン・ミルトン教官が、首の後ろをかきながら近づいてくるところだった。

「先生。彼女を送っていただけますか？」

「了解。約束だからね。僕んとこの車にのせてあげよう」

教官はシェンナを抱き上げて連れていく。「よっこらしょ」とじいさんくさいかけ声がついてくるのがたまに傷だ。

「君はどうする？　一緒に乗ってくかね？」

「一人で帰れます。ジノ君もいますし」

「ああそう。それじゃあ気をつけたまえよ」

ふらふらと林の向こうへ消えていくのを、ジノとアディは黙って見送った。

「さあ、私たちも帰りましょう」

「——うん。いいけどさ」

なにごともなかったように立ち上がるアディを見ていると、少し心配になるのだ。

彼女の中に、シェンナの呪いの報いが移されたという。彼女の体は大丈夫なのだろうか。

「なに、ジノ君。あんまりじろじろ見られると恥ずかしいわ」

「その、君は平気なの？」

「なにが？」

「体。呪いとか」

「大丈夫。平気よ。聞きかじりの素人《しろうと》の女の子に比べれば、多少は修練も積んでる方だものだ。時間をかけて散らしていけばいいだけよ」

それならいいのだが。

アディはさっさと立ち上がり、ジノを先導するように歩きだした。

ようするに彼女は、いつだって自分の行きたい場所がわかっているのだろう。だから迷わない。揺らがない。この件でもジノは思い知った気がした。

羨ましいと同時に、かなわないなと思ってしまう自分がいる。自分には人の呪いを引き受けようなど簡単には言えない。ちりちりと胸の奥で焦《こ》げるこの感情は、もしかしたら嫉妬《しっと》なのかもしれない。

いっそ遠目に憧れていたままでいたかった。いつか手が届くかもしれないと想像するのは、とても楽しかったのだから。

「ところでねえ、ジノ君」

「な、なに」

「あの子に上着を貸してしまった私に、なにか羽織《はお》るものを貸してくれたりとかしない？」

振り返る彼女。こっちは上着どころか頭からびしょ濡れだよと言い返そうとしたが、何かが変だった。よく見ると、形のいい唇《くちびる》に色がなくなってしまっている。

「おもったよりさむくて」

「は、早く言いなよそういうことは！」

「言わなくても気を利《き》かせるのが紳士《しんし》でしょう」

思春期の青少年にそういう機転を求めないでほしいとジノは思った。それとも本当に自分が鈍感《どんかん》すぎるだけなのだろうか。

「大丈夫？」

「……冷えは、乙女の天敵、だから……」

彼女はこれ以上体温を奪われるわけにはいかないとばかりに、色のない指先に息を吹きかける。きつく目を閉じる。

いくらなんでも変だと思った。

「ねえ。ちゃんと儀式は成功したんだよね」

「した……わ。あの子はもう、大丈夫」

「シェンナじゃなくて君だよ」

アディは答えなかった。喋るどころか、呼吸もまともにできなくなっている。ついには胸をおさえて、地面に膝をついた。

「アディ！」

そのまま前のめりに倒れてしまった。

何が修練を積んでいるというのだ。この見栄はり優等生めと叫びたかった。

あまりに苦しんでいるので、体を仰向《あおむ》けにして、ブラウスのボタンを外してやった。

シュミーズのレースとなめらかな鎖骨周辺《さこつ》の肌があらわになる。シェンナのような染みはどこにもない。けれど時間の問題なのかもしれない。

ジノはその胸の上に、自分の手を押しあてた。絶対にするはずないと思ったことに踏み出した。


「エスタジュ・オグマ・ホ」


どうか彼女が助かりますように。

願いが交わって呪いとなるように。

でも――通じるかどうかはわからなかった。これは乙種魔術で、呪術の発動の基準はあいまいだ。甲種魔術のエーテル・コードのように、組み立てた式と結果がイコールにはならない。

(くそっ)

ジノは立ち上がり、まだ校内にいるかもしれないゴードン・ミルトン教官を呼びに走った。


「先生!」

ちょうど彼は、魔術学院《アカデミカ》内の駐車場《ちゅうしゃじょう》にいた。

年代物の車の後部座席にシェンナ・マクビーを乗せ、運転席に乗り込みエンジンをかけたところだった。

「先生。グスタフが――！」

「おや。ラティシュ君じゃないかね」

ジノは運転席の窓にはりつき、いきなりアディが倒れたことを説明した。

「……一応、呪いは、僕の方に移すようにしてみたんですけど。目がさめなくて。成功してるかどうかわからなくて」

「そりゃあまずい」

「先生。僕はどうしたら――」

ミルトン教官は、ようやく運転席から出てきた。

「彼女のスカートの中は探ってみたかい」

「は？」

「上は脱がせて確認したんだろう。下はどうだね下は」

「先生。僕は真面目に話してて！」

「僕はいつだって大真面目さ。彼女なら薬も持っているはずだからね」

来た道を引き返しながら、ミルトン教官は淡々と言った。

「薬って……呪術のですか？」

「いや。普通のニトログリセリンだよ」

＊＊＊

詳しくは医療辞典あたりをひもとけばいいのだろう。

ニトロ製剤というのは、おおまかに言うと心臓の血管を広げる効き目があるのだという。

心筋に送られる酸素の量が増え、心臓の負担を減らす効果があるので、発作を起こしやすい人間は瓶《びん》やスプレー缶に入れて携帯していることが多いらしい。

つまり――。

「単に持病の発作でぶっ倒れただけだったたってことだよね」

「失敬よジノ君。大変だったんだから」

ここはカイゼル魔術学院《アカデミカ》。その実験棟一階のつきあたり。

乙種魔術研究部のプレートを掲《かか》げる空き教室に、学年で指折りの優等生が居座っていることを知る者は少ないだろう。

今日もアディリシア・グスタフは、自分でこしらえた教室の根城で、お気に入りの骸骨と一緒に本を読んでいる。ジノは近くの椅子でふてくされる。

「そんなに大変なら無茶するなよ。重ね着するとか、コート着てくとかさ」

「上着を貸してくれないジノ君がいけないのよ」

「あれぐらいで倒れるなんて誰も思わないだろ」

ジノとしては、つい彼女のもとに押しかけて抗議がしたくなるのだ。

彼女の興味は乙種魔術全般。視線はいつだってそこにある。夢中になれば、自分の体さえ顧《かえり》みない。

じっさい、彼女の儀式は完璧《かんぺき》な代物《しろもの》だったらしい。なのに夜風にあたっただけで卒倒できるのだから、虚弱体質《きょじゃくたいしつ》にもほどがある。

ガラスの体に鋼鉄の意志。炎《ほのお》のようなエンジン付き。大地《ザフト》は時におかしなものを作るようだ。

「……ほんとに心配したんだからな」

彼女が壊れて消えてしまう気がして。心臓が潰れるかと思った。

「知ってる」

アディは言って、読みかけの本を閉じた。

窓から差し込む埃っぽい日差しが、彼女の輪郭を淡く縁取《ふちど》っている。

「ジノ君が私を助けるために、自分に呪いを移そうとしてくれてたこともね」

潰れずにすんだ心臓は、またこういう時におかしな鼓動《こどう》を刻みはじめるのだ。甘いような苦いような不思議な鼓動を。

「それでも……やっぱり私も恥ずかしいわ。まさか同《おな》い年《どし》の男の子に服を脱がされるなんて思わなかったもの」

「は——？」

「めったにない経験よね。クラスの子に話したらうらやましがられるかしら」

「するなよ！」

彼女の微笑みは、多少底意地が悪い方向に嬉しそうで楽しそうで、本当に小憎たらしいぐらいだった。

「ねえジノ君。いまうちの部はね、絶賛部員を募集中なの」

「それなに。もしかして脅《おど》し？」

「脅される心当たりはあるのね？」

「そういう言い方は卑怯《ひきょう》だ！」

「失敬ね。口説《くど》いてるのに」

シェンナ・マクビーがかけた呪いの報いは、いまどこにあるのだろう。アディの中で消えるのを待っているのだろうか。それとも最後の儀式でジノに移ったのだろうか。

蝕《むしば》まれているのは誰だろう。

祝福されているのは誰だろう。

ジノにはわからない。答えは出そうにない。

「——っ、わかったよ、入ればいいんだろ入ればーーーっ！」

その中で少女の拍手が、放課後の部室に響き渡った。

3

——ああ、そうだったよな。

ネイバーは振り返りつつ、目の前のミリーを凝視《ぎようし》してしまう。

あの時から一年以上たったわけだが、シェンナ・マクビーが魔術学院《アカデミカ》に入学したという話を聞いたことはない。

「——なに、ジノっち。あたしの顔になんかついてる？」

「いや……なんかさ。シェンナ・マクビーっていうのがいたなって思ってさ」

「ああ、シェンナ？　あの子なら一緒に職業訓練校《ジョブスクール》で料理習ってるよ」

お前の友達の、と付け加えるのをためらったのに、彼女はあっけらかんと教えてくれた。

「魔術師目指してたはず……だよな」

「うん。でもその後にね、方向転換したの」

シェンナはあれから、怪我をしたミリーのサポートを買って出たらしい。そうして親しく過ごすうちに、ケーキ作りの楽しさに目覚めたのだという。

「一緒に作ってたりしたら、なんか楽しくなっちゃったみたい」

「そっか……」

「でもねえ、あんまり上手《じょうず》じゃないっていうか。あたしの方が要領いいぐらいなんだよ」

苦笑気味にミリーは言った。それでもシェンナはめげずに続けているらしい。

本当なら、かなり嬉しいニュースだった。ここにいないアディにも教えてやりたいぐらいのネタだ。

「とにかくジノっち。反省して心入れ替えてよね。あたしそのために今日はここまで来たんだから」

「ミリー」

ジノはあらためて彼女を見つめた。

簡単に戻るとは言えない。目標があるから。

「今度さ、ミリーたちのケーキ食べさせてくれよ」

「……むう。高いよ、あたしのは」

「頼むよ」

屈託《くったく》なく笑うことも、用心棒のネイバーにはふさわしくないのかもしれない。けれどミリーにとっては、こちらの方が安心できる顔なのだ。今だけはと言い訳をして、ネイバーは心の中の枷《かせ》をとき、あの頃の気持ちに戻って笑う。

すでにミルトン教官はいなくなり、アディの助力も得られない状況で、それは一時の甘いやすらぎになるに違いなかった。

「そろそろ出よう。家まで送るから」

「あのねジノっち。チョコとイチゴ、どっちがいい？　それともチーズ味？」

ネイバーは立ち上がった。チェーンベルトに提《さ》げた改造展開杖が、遅れてじゃらりと音をたてた。

Episode.3
三分間狼少女

1

「……………うえっぷ」

ネイバーは道の端《はし》に寄り、レンガの壁《かべ》に手をつきつつ、こみあげてくる吐《は》き気《き》をこらえている。

バイト先ではよく見る光景だった。あそこは官庁街のキングス・シティが近くにあるせいで、金曜の夜には背広姿のおっさんたちがべろんべろんに酔《よ》っぱらって地面に転がっていたりするのも珍《めずら》しくはないのだ。

だがそれが月曜日の朝になり、場所がアーマント島の魔術学院前《アカデミカ》となると話は別だった。

背中に刺さる視線の冷たさが半端《はんぱ》ない。

「――やだなに、二日酔い？」

「なに考えてんの？」

ひそひそと耳打ちし合う女学生。こういうのもありなんだと怯《おび》えた様子で通り過ぎる下級生。誰《だれ》もみな明日の魔術師《まじゅつし》を夢見る魔術師の卵だ。こちらも今は本名『ジノ・ラティシュ』として、同じ魔術学院《アカデミカ》の制服を着ているが、胸がむかつきすぎて誤解《ごかい》をとくこともできない。

（──酒じゃないんだ！　生クリームなんだよ！）

頼む。信じてくれ。たぶん無理だろうけど。

昨日は下宿先の大家の娘、ミリーに頼んでいた菓子《かし》を試食する日だったのだ。

菓子職人希望の彼女が作ったケーキは本格的だった。見た目も味も悪くはなかったが、とにかく量が多すぎた。失敗作に成功作に実験作もあわせて、部屋のテーブルに載《の》りきらない量の菓子を食わされたのだ。

一晩明けてもまだバターと砂糖の匂いにうなされて、そのうえミリーに『ぼく、ジノ・ラティシュはこのまま学校に行きます。誓《ちか》いを破ったらトウシューズを履《は》いて踊《おど》ります』と誓約書《せいやくしょ》まで書かされてしまったのだ。

一週間ぶりの登校が、まさかこんなコンディションになるとは思わなかった。

変わってしまった『ジノっち』の心を入れ替え、昔のような学院中心の生活に戻したがっているミリーである。本人はいいことをしたと無邪気なものだったが、この惨状《さんじょう》を見れば考えを変えるかもしれない。

（も、もういい。とりあえず一限は諦《あきら》めて部室で寝る……）

この状態で教室に行ったところで、『酔っぱらいダメ人間』の誤解をふりまくだけである。

もうしばらく砂糖とクリームの入った食品は口にするまい。ネイバーは固く誓《ちか》って、校門へ向かう人波に乗った。

だが教室棟《きょうしつとう》の前を素通りし、部室のある実験棟に入ったとたん、目を見開いた。

工事関係者らしい人間が廊下《ろうか》を行《い》き交《か》い、床《ゆか》の一部には青いシートが広がり、立ち入り禁止のロープまで渡してある。

目的地である乙種《おつしゅ》魔術研究部の部室は、この廊下の先のつきあたりだ。これでは中に入れない。

「——これから改修工事がはじまるのよ。一般生徒は立ち入り禁止」

背中で響《ひび》いた、少女の声。

「メリエル・ラヴィーン……？」

「そうよ愚民筆頭《ぐみんひっとう》。ラヴィーン家が息女《そくじょ》にして、ナンバーズの2を拝命《はいめい》しているメリエル・ラヴィーンよ」

「へえ。また出世したんだな。この間は3だったのに」

「とぼけないでちょうだい」

ネイバーが振り返ると、美貌《びぼう》の令嬢《れいじょう》が、高そうなコート姿で腰に手をあてていた。

淡々《たんたん》と拍手《はくしゅ》をはじめるネイバーに、彼女は柳眉《りゅうび》をつり上げる。

全生徒の代表機関、賢人会議《けんじんかいぎ》を構成するナンバーズは、学院のエリートの筆頭と言っていい。その第二位が彼女なのだ。順調に転落中のネイバーなどとは、比べることすらおこがましい相手だった。

ネイバーははぐらかすように肩をすくめ、あらためて工事中の札が下がったロープを眺《なが》めた。

「これさ、いつのまに決まったんだ？」

「一週間前には告知が出てたわよ。単にあなたが来なかっただけで」

なるほど。そう言われると返す言葉もない。

「部室にオレの荷物とかもあるんだけどな……」

「全部ゴミ置き場に出されてるわ」

「い」

「――そんなわけがあるはずないでしょう？　学院をそこいらの無法地帯と一緒にしないでちょうだい」

メリエルはネイバーの鼻先に、小さな鍵《かぎ》のようなものを突きだした。

「なに、これ」

「賢人会議の名前で、裏口だけおさえさせてあるわ。必要なものを運び出すぐらいの時間はあるはずよ」

「そりゃ、ありがとう……」

「あまりわたしを煩《わずら》わせないで」

彼女から鍵を受け取る。

だがどちらにしたって、部室が使えないのは決定のようだ。

「今日来なかったら、本気で部屋ごと取り壊させてやろうかと思っていたわ」

借りた鍵を手の中で遊ばせていたネイバーは、思わず止まった。

そう言うメリエルの目が、怒りのままうるんでいたからだ。

「あなたったら、お見舞いにも行ってあげてないそうじゃない。グスタフが倒れてからずっと……」

彼女——メリエル・ラヴィーンは、実に気位の高いお嬢様《じょうさま》で、何かというとアディリシア・グスタフに突っかかっていた。理由は似たような成績のくせに、賢人会議に見向きもしないアディのことが許せないかららしいが、ようは複雑な好意の裏返しなことも、ネイバーはなんとなくわかっていた。

年末にアディが倒れた時は、かなりショックを受けて見舞いにも行ったらしい。

「……オレが行っても、意味ないだろ。数合わせの幽霊《ゆうれい》部員なんだ」

「それを本気で言っているならおめでたすぎるわ。あのグスタフが、どうでもいい人間を側に置くと思って？」

「まきこまれたくなかったんだよ。その部長に」

シナリオ通りの言葉を言った。

ジノ・ラティシュはアディリシア・グスタフに誘《さそ》われ乙種魔術研究部に入ったが、途中で仲違《なかたが》いをし、フェードアウトしかけている。部を存続させるため、籍だけは乙種魔術研究部に置いてあるが、二人の間に交流はほとんどない。それがいま現在、学院内での定説だった。

不仲の噂《うわさ》を流したのはアディ自身だ。

『月光《げっこう》』に出入りするようになり、生活のパターンも大きく変わった。二重生活の足がつかないよう、学校では離れていた方がいいという判断だった。

同じ休みの多さでも、病弱で休みがちな優等生と、はじめたバイトが楽しくなってしまった一般生徒である。放っておいてもセットで考える人間はいなくなった。

例外は彼女のような、カンが良くて情にあつい人ぐらいだ。

「……確かに、警告したのはわたしよ。でも……」

メリエルは言葉につまる。

現に目の前の少年は、この一年で変わりすぎているって？　『僕』は『オレ』になり、生活態度もだいぶ変わった。けれどそうなった理由は誰も知らない。証拠はどこにもない。

これはアディリシアなど関係なく、僕自身の怠慢《たいまん》が招いた産物ですと言い切ってしまえば、彼女は何も言い返せないはずだった。

「……授業さ、はじまるみたいだけど」

「わたしはこれから実習だから」

予鈴《よれい》の音が響く中、彼女はうつむき加減に答えた。

これから卒業実地研修に向かうらしい。基礎科四年間の集大成とも言えるイベントだ。

「実習先、どこにしたの」

「甲種《こうしゅ》の医療系よ。おじさまが経営されている病院に行くの」

「へえ。医療か」

「うちは御殿医《ごてんい》の家系ですもの。習得するのが義務なのよ」

なるほどなと思った。

甲種魔術の中でも、もう少し華々しい開発の最前線を目指すのかと思っていたが、そういう事情があるなら仕方ない。いずれは王室の侍医《じい》の跡《あと》を継ぐ必要があるということか。

もしそんな義務がなかったら、彼女は何を学びたかっただろう。少し聞いてみたい気もしたが、メリエルから義務や責務を切り離して考えるのは、鳥から空を切り離して考えるぐらい難しい気がした。

「あなたはどうするつもりなの？」

「オレは、まあ、ぼちぼち何か考えるよ」

「ぼちぼちって……本気で留年する気なのね」

留年程度ですめばいいねとは言わなかった。

「わたし……本当は乙種のフィールドワークでもいいと思っていたけど」

えっと声が出そうになった。

「そこで目を丸くするのはおやめなさい。思っただけなんだから」

「ああ、そう。マジびっくりした……」

「そうしたら実習もあなたたちと一緒にできるって思ったっていうか……もういいでしょう！　終わったことなんだから！」

メリエルは昔のような、甲高《かんだか》い金切り声で癇癪《かんしやく》を起こした。

「いいからさっさと片付けに行きなさい留年決定愚民！　邪魔《じやま》でしょうがないんだから！」

「わかってるよ」

「くれぐれも迅速《じんそく》にね！　人が足りないならナンバーズの実行班を行かせるから！」

「いやそこまでしなくていいから」

本当に親切なのか不親切なのかわからない人だった。

わからなくて、高飛車で高慢《こうまん》で、でももしかしたら心根をわかろうとする手前で、手を放してしまったかもしれない人でもあった。

今、ジノとメリエルの間には、飛び越えられない川が流れている。

「メリエル・ラヴィーン」

ネイバーは、川の対岸にいる彼女の名前を呼んだ。

「いろいろありがとう」

メリエルは、少し泣きそうな顔をし、そのまま淡《あわ》く微笑《わら》った。

実験棟の出口でメリエルと別れ、もらった鍵を持って建物の裏に回った。

ふだん誰も使わない非常口は、入り口を背の高い雑草が埋《う》め、ところどころ錆《さ》びていた。改修が必要なのは確かなようだ。なんとか鍵を使って扉《とびら》を開け、中に入る。

目の前はもう、『乙種魔術研究部』の部室だった。

「――おいおい。まさかこれを早々に片付けろってか？」

扉を開けたとたん、想像以上の散らかりぶりに独《ひと》り言《ごと》が漏《も》れた。

古書に古民具。異国の民芸品。乙研の部長と顧問《こもん》が二人がかりで収集した呪術《じゅじゅつ》関係のコレクションに加えて、ネイバーが置きっぱなしにしていた教科書やトレーニングウエアまである混沌《こんとん》ぶりだ。

だいぶ放置してきてしまったが、ここがネイバーにとってのホームグラウンド。川の『こちら側』には違いなかった。

せめてブルドーザーで押しつぶされても文句は言えない程度に、貴重品は引き上げないといけない。ひとまず目についた山から古書を手に取って床におろす。その場で仕分けをはじめる。

（なんだこれ。獣《けもの》の……毛？）

妙なものが本と本の間に挟《はさ》まっているのに気づいた。

ネイバーは手に取り、自然光に透かした。モノは真っ白い抜け毛が数本。

まったくもってお片付けってのは厄介《やっかい》だった。

「……………………………あー、思い出したよ……」

どうしたって思い出の品に、当時の記憶が引き寄せられるのだ。

2

「ねえジノ君、狼《おおかみ》人間というものについてどう思う？」

それは放課後、あるひとときの出来事だった。

乙研部長の質問というのは、概《がい》して斜め上から降ってくる。ねえジノ君、明日の天気についてどう思う？　ねえジノ君、食堂の新メニューについてどう思う？　ねえジノ君、口にパンくずがついてるわよ？　ねえジノ君、違うわ右じゃなくて左よ？　同じように適当なノリで、彼女はけだるげに訊《たず》ねる。ねえジノ君、狼人間についてどう思う？

「は？　狼？」

乙研唯一《ゆいいつ》の平部員としては、宿題を解く手を止めて聞き直すしかなかった。

「そう。あれは人間が狼になるものなんだと思う？　それとも狼が人間になるものなんだと思う？」

部員になって二カ月と少し。最近は彼女の突飛《とっぴ》な質問にも慣れたつもりだったが、今回はまたひねりが激しかった。

「さあ……狼人間って……月を見て変身とかするあれだろ？」

「ええそうね」

「僕が読んだ話だと、そういう人として書かれてたような気がするけど」

「そう。ジノ君にしてはまっとうな答えね。人でも狼でもなく『狼人間』という種が存在するという説かしら」

「いや、そこまで真面目《まじめ》に考えたわけじゃないけど。どうかしたわけ？」

アディことアディリシア・グスタフは、部室のいつもの指定席で、古書の山にもたれかかっている。

癖《くせ》のないロングヘアがよく似合う、清楚《せいそ》かつ上品な容貌《ようぼう》にほっそりとした華奢《きゃしゃ》な手足。そのうえ憂《うれ》いたっぷりにため息までつき、見た目だけなら恋煩いの乙女《おとめ》のようだ。

「呪術や魔女術《ウイッチクラフト》の一部にね、獣を使い魔として使役《しえき》する技があることは知られているのよ。その延長でより人間に近づけた獣人を作ることもできるらしいわ」

「へえ、そりゃすごいね」

「大戦の英雄、大魔女リリカなんて今でも屋敷中の使用人を獣人で固めているそうよ」

「じゃあ元が狼でいいんじゃないの？」

「そうなんだけどね……」

彼女は持っていた古書を持ち上げ、付箋《ふせん》を貼《は》ったページを開きなおした。

「この本、ミルトン先生がお知り合いから譲《ゆず》っていただいたコレクションに入っていたの。頼まれて翻訳《ほんやく》している最中なんだけど、いろいろ難しくて」

「翻訳って……また面倒なバイトやってるね……」

「バイトじゃないわ。先生の研究のお手伝いができるのは幸せだもの」

ああはい、そうですか。枯《か》れ専《せん》発動ですか。

「そうよ光栄なのよ。あのミルトン先生が必要だと頼んでくださったのよ。研究が一歩でも進むのならなんでもやりたい気持ちなんだけど……でも本当にこの訳で合ってるのかしら。ジノ君どう思う？　『人を山犬となす妙薬』でいいと思う？」

ちらりと原文を見せてもらったが、その程度では何もわからなかった。

そもそも基礎科の三年レベルに古文書の解読など、無茶を言うなという話だ。普通の本でも時代をさかのぼればさかのぼるほど、言い回しは変わるし活字の割合もぐんと減る。達筆の手書きが増えて読みづらくなる。これが魔術師たちが書き残した魔術書の世界になると、独自の隠語《いんご》や符号が横行し、ほとんどスパイの暗号解読の世界なのだ。

ジノなら素直に白旗をあげるが、アディはまだ戦う気があるようだ。

「もう一週間ぐらい悩んでるのよ。このままじゃ発作《ほっさ》の一つも起きそうなぐらい」

「やっぱりバイト代ぐらいもらった方がいいんじゃないの？」

「そうね。これは実際に作ってみるのが一番手っ取り早いわね」

「ねえ人のはなし聞いてる？」

「ジノ君、さっそく材料を集めに行きましょう」

「部長の乙種魔術オタク。猫《ねこ》かぶりの枯れ専」

「とても失敬よジノ君」

「聞いてるんじゃないか」

「ちゃんと聞いてるわよ。このレシピ通りに薬を作って本当に狼人間になれたら、わたしの訳が合ってるってことでしょう？」

「単に自分のことしか話したくないんだね」

とても彼女らしい我が道っぷりだった。

「だいたい訳が合ってて、レシピが間違ってるって可能性は？」

「そうしたらミルトン先生がつまらない本に煩わされなくてすむだけよ。さあ何をしてるのジノ君。早く行きましょう」

「いや無理だって。僕はまだ宿題終わってないんだって」

「なら私の家で、調合がてら教えてあげるわ。応用化学でしょう？　その調子じゃ徹夜しても終わらないいんじゃないの？」

「くっ」

こともなげに言いやがってと思うが、彼女の優秀さは証明済みだ。マンツーマンで教えてもらえるのは魅力的だった。

「はい決定。行きましょう」

目を細めて微笑《ほほえ》むアディ。こんちくしょーめとジノは歯噛《はが》みする。

こうやってぎりぎりのところでおいしい条件を挙《あ》げてくるのが、彼女のずるいところだなと思うのだ。

まずは薬の材料をそろえましょうということで、彼女の家の近くにあるスーパーマーケットに行った。

場所は地下鉄で三十分ほどの、郊外にある店である。

「こういうのは、二人で手分けするのが早いわね。ジノ君はここでこのリストにあるものを買ってきて。私はお隣《となり》で残りを買ってくるから」

アディはその場で手帳にメモを書き付け、一枚破ってジノに渡した。

本人は隣のドラッグストアに入るようだ。十五分後にまた集合ということになった。

とりあえずジノはスーパーの野菜売り場を回って、あれやこれやとハーブを籠《かご》に放り込んでいくことにした。

（えーっとなんだ。まずは……香草。パセリとセージ？）

メモを片手に材料をそろえる。

（獣脂《じゅうし》一オンス、と）

まあ狼なら使うかもしれない。これは食肉売り場で調達する。

（徳用卵）

お徳用でなければならないのだろうか。一応言われた通りに安いものを選ぶ。

（食パン一斤《きん》）

少し我が目を疑った。

（……洗剤。オレンジの香り）

売り場を歩く足が、徐々に鈍《にぶ》くなる。

「次、タイムセールのトイレットペーパー、十二個入りダブル二つ……って、狼どこ行った！」

激戦のタイムセールコーナーからトイレットペーパーを奪い取り、まとめて精算をすませてジノは叫《さけ》んだ。

「これ私物も入りまくりだよね。後半薬関係ないよね？」

「どうせお買い物はしなきゃいけないんだから一石二鳥だと思うの」

待ち合わせ場所で、アディは平然と公私混同を認めた。

「ジノ君、男の子だからいっぱい持てて助かるわ」

むしろこのために自宅くんだりまで呼びつけたのではないかと疑いたくなる有様《ありさま》だった。ジノの手元にあるのは、微妙《びみょう》に重くて運びにくい品ばかりだ。

「……激安トイレットペーパーって、主婦の買い物かよ……体弱いくせに……」

「その通りよ、ジノ君。私が買わないと誰も補充してくれないもの」

ジノは、その言葉に違和感を覚えた。

「あれ？　部長ってたしか、自宅通学じゃ……」

「ええ自宅よ。もう父も母もいないけど」

さすがに絶句してしまった。

「事故だったの。交通事故」

「ご、ごめん……」

気まずさに冷や汗を流すジノを見かねたのか、アディは遅れて付け足した。

「安心して。兄は存命だから」

「──そ、そっか」

天涯孤独《てんがいこどく》、悲劇のヒロインという言葉も頭を回ってしまったのだが、安易に口にしないで本当に良かった。

「なら、うん、良かったよ……って良くはないんだろうけど。ええとその、まだましっていうかぜんぜん違うんだけどその」

うまい言葉が出てこないので、余計に気が焦《あせ》って変なセリフになってしまう。

アディがくすりと笑った。

それでなんとなく許された形になった。

少し悔《くや》しい。自分と同《おな》い年《どし》の少女が、すでに両親もいない身の上で、普通に暮らしているという。それを想像することができない。悲しいぐらいに『普通の家庭』で育っている自分を痛感してしまったというか。

「兄も今日から部活で合宿なのよ。週明けまで帰らないんじゃないかしら」

「そっか、それは良かった……」

ほっとして、続けて殴《なぐ》られたような衝撃を受けた。

(帰らないって、そっちの方がまずいんじゃないの!?)

誰も帰ってこない家に二人きり。しかしアディは気にしている様子がまったくないようだ。

「——じゃあジノ君。そのまままっすぐキッチンに直行してくれる? 荷物を先に片付けちゃうから」

「りょーかいです……」

アディの自宅は、パークタウンの閑静《かんせい》な住宅街の中にあった。

ドラッグストアで買ったぶんも合わせて彼女の荷物持ちになり、その後をついていく。

視界がふさがれるほどの紙袋を抱えて、よろよろと廊下を歩いていき、言われた通りキッチンのカウンターに物を置いた。それでようやく一息つけた。

ジノはあたりを見回す。家の外観を見た時と、中の印象はあまり変わらない。お湯を沸《わ》かすのにも四苦八苦する下宿のキッチンよりは広く、地方の実家よりはこぢんまりとしたキッチンだ。

しばらくして、アディもこちらに現れた。彼女はシンプルなブラウスとスカートに着替えていた。入ってくるなり、椅子《いす》にかけてあったエプロンを手慣れた仕草で着けている。やる気の表れというより、新妻っぽく見えて目のやり場に困る組み合わせだった。

「さあジノ君、助手をよろしくね」

腕まくりする彼女を前に、余計なことを考えるなと言いきかせた。これからやるのは新婚さんクッキングではなく、乙種魔術の薬作りなのだから。

「――作り方自体は割と簡単なのよね。半分以上は調合して煮込《にこ》むだけだから」

まずは作業テーブルに秤《はかり》を置き、アディが翻訳したレシピ通りに材料を計量していく。ジノの役はアシスタントだ。

「乾燥させた鶏《にわとり》のトサカって……ここにないんだけど」

「あ、それはうちにあるから買わなかったの」

「は？」

アディは身をひるがえし、砂糖壺《つぼ》の隣にあった広口瓶《びん》を持ってきて、豪快《ごうかい》に逆さまにした。大量のトサカらしきモノが、ホウロウ製のボウルに落下していった。

「この間の実験で使ったのが残ってて良かったわ」

「……そ、そう」

徐々に新妻の錯覚《さっかく》が消えていってくれて助かった。妻はこんなものをキッチンに常備しておかない。絶対だ。

全部混ぜて、大きな寸胴鍋《ずんどうなべ》に入れて火を点《つ》ける。

感想としては、『絶対に口に入れたくないコンソメスープ』のような色合いになった。

「これを半分になるまで煮詰める、と……」

「そろそろ宿題の方も頼むよ？」

アディは鍋の中身が気になるようだったが、ジノの目的は別にあるのだ。こちらがせっつくと、ダイニングテーブルへと移動することになった。

「いったいどこがどのようにわからないのかしら」

「つまびらかに言うと頭から尻《しり》までです部長様」

「まあ、アディ困っちゃう」

上から目線のアディと、ふてぶてしく居直るジノ。アディはその顔つきを見て、「わかったわ。離乳食《りにゅうしょく》も真《ま》っ青《さお》なぐらい噛《か》み砕《くだ》きましょう」と深く頷いた。

そうして腹をくくったアディの説明は、確かにわかりやすかった。つるつるとのどごしのいい解説のもと、嘘《うそ》のような速度で課題が消化されていく。

「――それじゃあ、試《ため》しにこの問題を解いてみて」

「了解です」

言われた通りに取り組んでいけば、これもまた快調に解けていく。唯一の欠点は、隣のキッチンから、えも言われぬ珍妙《ちんみょう》な匂いが漂ってくることだろうか。

「ちょっと待ってて、お鍋を見てくるわね」

アディは席を立ち、しばらくしてからまた戻ってきた。

「まだまだかかりそうだわ」

「部長。ここが意味不明なんだけど」

「そこはね——」

一通りの説明を受け、また自分の問題を解きにかかる。アディはやはり鍋が気になるようだった。

「まだ時間かかるんだよね？」

「そうなんだけど……」

意識と目線が、完全にキッチンに行ってしまっている。まるでお菓子のできあがりを待つお子様のようにそわそわしている。いまテーブルまで漂ってきている、苦《にが》くて酸《す》っぱい謎《なぞ》の匂いにどんな期待ができるというのだろう。夢見る瞳《ひとみ》でいられるアディの心情がよくわからなかった。

「ていうかミルトン先生って、いったいなんの研究してるんだろ……？」

「どんな味がするかしらね……」

「……部長。念のため言っておくけど、試すならせめて完成してからにしようね？」

「わかってるわ。あたりまえじゃないジノ君。つまみぐいなんて変なこと言わないで」

こちらを向いて早口に即答してくるあたりが、どうにも不安だった。

「ほらほらジノ君、手元がお留守よ。早く終わらせないと夜になっちゃうわ」

「あのねえ……」

君に言われたくないよと思うが、教えを請《こ》う側はこちらである。仕方なく問題を解くことに意識を集中する。

——途中、鍋が吹きこぼれるような音がした。

「部長」

「大丈夫。見てくるから」

止める暇《ひま》もなかった。アディはキッチンへ行ってしまった。

（……まあ注意はしたし、大丈夫だろ）

一抹《いちまつ》の不安を覚えつつ、教科書に目を向ける。宿題はもう終盤にさしかかっていた。

ようやく区切りをつけてペンを置くが、まだアディの席は空席のままだった。

「え、あれ、部長？」

まさかまだ戻ってきてないのか？

ジノは椅子から腰を浮かした。そこで信じられないものを見てしまった。

アディが、アディリシア・グスタフが、テーブルの下に寝っ転がり、エプロンの紐《ひも》をかじっていたのだ。

「は、え、えええええ？」

「……わう？」

しかも彼女はジノと目が合うと、紐の先端《せんたん》を放って身を起こした。両手両足、四つんばいの姿勢で、である。

「わん！」

「ぎゃああああああ！」

ジノは後ずさり、椅子にぶつかって椅子が倒れた。そこにアディが、満面の笑みで飛んできたからたまらない。

「ちょ、ま、待ってアディ、なんだよ部長、そこだめ、くすぐった！」

「わん！」

ジノが彼女の下でもがけばもがくほど、大喜びでじゃれついて身を寄せてくる。ひどくやわらかくて甘い匂いが、こちらの鼻孔《びこう》をくすぐってくらくらした。なんとか押しのけてどいてもらおうにも、うっかり触ったところがどこもかしこも女の子らしい女の子の体で、いったいどこまで押していいのかわからない。顔にキスを通り越して、額《ひたい》を舌で舐《な》められた時は絶叫《ぜっきょう》しそうになった。

「めっ！　ダメ‼」

実家で飼っている犬のしつけを思い出して一喝《いっかつ》したら、ようやくじゃれつきがおさまった。

心臓が弾け飛びそうなほどドキドキしている。

「……ぶ、部長？」

ジノは彼女の両肩をおさえつけたまま訊ねた。アディは叱《しか》られた犬のように「くうん」と言った。いやむしろ鳴いた。

（──演技じゃ、ない）

こんなにうるんだ瞳で、せつなげに見つめられたことなど一度だってない。

ジノは彼女を置いたまま、這《は》うようにキッチンへと向かった。その後ろを、ぴったり四足歩行でついてくる部長のはふはふした姿は、とりあえず見ないふり見ないふり。

コンロの火は消えていた。そして──床に濡《ぬ》れたお玉が転がっていた。

つまりアディはここに立ち、煮立つ鍋の火を消し、お玉で中をかき回し、そしてやはり欲求をおさえきれずに舐めでもしたようだ。

出てきた感想は一つだった。

（部長！　いじきたない！）

食欲ではなく、知的好奇心の方向でいじきたなすぎる！

ジノは震《ふる》える膝《ひざ》に力を入れて立ち上がり、あらためて後ろを振り返った。

床の上にちょこんと座り、上目遣《うわめづか》いにこちらを見上げるアディリシア部長。その尻のあたりに、見えない尻尾《しっぽ》が見えた気がした。狼でも人間でもなく、犬そのものの尻尾である。ぱたぱた、ぱたぱた、右に左に揺れていた。

「……お手？」

アディの右手が出た。ジノは握手の変形として握り返す。

「ああわかった。ちゃんとお手できたもんな。褒《ほ》める。褒めるよ」

頭を太ももに押しつけてきたので、押しのけがてらその髪をなでる。信じられないほど細くてさらさらの髪だった。アディは嬉《うれ》しそうに目を細め、ジノの手のひらをぺろりと舐めた。体中に変な電撃が走った気がした。

「あ、あんまり、近づくなって」

腰砕けになりそうなまま慌《あわ》てて手を引っ込め、それでも期待に満ちた目の光が消えないので、キッチンから逃げだした。

彼女はどこまでも追いかけてきた。

リビングに行けば、ソファに座るジノの膝に乗りたがる。スカートのまま自分の足を舐めようとする。本当にどこに行ってもついてくる。最終的にジノがたどりついた安息の地は、情けないが人様のトイレの個室だった。内側から鍵をかけ、便器に腰掛け、一息つけたのはいいものの、ドアをアディがかりかりと引《ひ》っ掻《か》いている。

開けてくれなくて悲しいのか、悲壮な声で鳴き続けたあと、

「わん！」

わんじゃないだろ。

泣きたいのはこちらだと言いたかった。

「くうん……」

この犬現象、いったいいつまで続くのだろう。

ミルトン教官が手に入れた秘薬の魔術書は、ひとまず効果だけは抜群《ばつぐん》のようだ。

狼人間が犬人間にスケールダウンしたのは、煮込みが足りなかったからだろうか。そ

れとも別の理由だろうか。今は検証している余裕もない。

ようやく静かになったので、ジノはおそるおそるドアを開けた。

アディは、廊下の真ん中で丸くなって寝ていた。

ほっとしたのもつかのま。ジノが開けたドアの音に敏感に反応し、耳がぴくりと震える。目が開く。やばい。

「わん……！」

閉めるのが間に合わなかった。

ジノは全力の体当たりを抱き留めるしかなかった。壁に背中がぶつかり、息がつまる。けっきょく支えきれずにアディごと床に座り込んだ。首筋に顔をうずめられ、押しのけようともみ合って、息を荒くしている状況に、自分を見失いそうになる。

だってもういいだろう？　こんなに力いっぱい求めてきてくれているのに、なんで自分は拒《こば》むことしかできないんだ。

いっそ受け入れてしまえばいいんだ。この子が望む通りにしてあげればいい。ほんの少し力をゆるめれば、彼女と自分を隔《へだ》てるものは何もなくなる。

じゃれつく子犬のようなアディの手首から手を放し、あらためてその顔を見た。いつもよりも血色のいい桜桃《おうとう》色の唇《くちびる》が、こちらの顔に近づいてくる。だがもう、ジノは拒まなかった。同じように顔を近づけていき――。

「――アディ。いるのか――？」


アディの体が、その瞬間、目に見えるほど固まった。

声は玄関先から響いた。

そこから動いたのは、ジノよりもまずアディだった。

「兄よ」

「へ？」

「しゃべらないで。このままここに隠れてて」

もつれきった長い髪をかきあげ、座り込むジノをトイレの個室に押し戻した。すばやくドアを閉め、明かりを消す。

――完全に目つきが、いつもの冷めた優等生に戻っていた気がした。

「なに、兄貴。いきなり帰ってこられても困るんだけど」

「困るってな。どうして自分の家に帰るのに遠慮しなきゃいけないんだよ」

「試合でお忙しい方をおもてなしできるものなんてございませんから」

「お前なあ――」

目の前の廊下を、アディとその兄らしい人物が通り過ぎていく気配がする。

地声が大きめの、歯切れのいい若者の声と、やりすぎなぐらいにそっけなくてとげとげしいアディリシアの声が、交互に響いた。薬の影響などどこにもないようだ。

「それで、御用はなに？　どうせ忘れ物でしょう？　その鞄《かばん》の中は洗濯物《せんたくもの》。洗ったユニフォームなら机《つくえ》の上に置きっぱなしだからお早めにどうぞ」

「いちいちそういう言い方するなよ。言われなくてもすぐ出てけばいいんだろ」

「じゃあ早くして」

少年が短く舌打ちする音がした。そのまま脇《わき》の階段を上がっていく。だがすぐにまた降りてきた。

「待ってよ、どこに行くの？」

「トイレぐらい普通に行かせろよ」

男の声がどんどんと近づいてきて、ジノは血の気が引いた。

（冗談《じょうだん》！）

反射的にノブに飛びついた瞬間、向こうもノブを回した。

「……なんか鍵閉まってないか？」

「最近たてつけ悪いのよ。勝手に閉まる時があって。知らなかったの？」

「そうなのか……？」

やけにのんきな調子で呟《つぶや》いているが、加わる力はものすごい馬鹿力《ばかぢから》だ。本当にこちらは全身全霊、全力で押さえにかかっている。二本の足で踏ん張っている床のさらに下を流れているはずのザフタリカ度数三百八十二のエーテルよ聞こえているかエマージェンシー、エマージェンシー。我に奇跡《きせき》を与えたまえ。つーかこれ以上もたないよ……！

「古いからな。ちょっと待ってろ。勢いつければ開くだろ」

「やめてよ。兄貴が乱暴したら壊れるわ」

「もう壊れてるんだろ」

「いま以上に壊れるってことよ」

その言葉に、怪力《かいりき》がストップする。全身の毛穴から汗が噴《ふ》き出《だ》した気がした。

混乱する頭で考えたのは、今のうちに後ろの小窓から脱出することだった。

ジノは窓を開け、頭を外に出す。むりやり上半身を引き抜いたところで、いきなりドアが開く音がした。

「おい、猫だ」

「猫？」

「猫っぽいのが逃げてった」

ジノは雑草だらけの地面に頭から落ち、そのまま必死に身を伏せて移動した。

(裏に回れ。このまま逃げきれ……！)

けれど現実は非情だった。

「たぶんこっちにいるんじゃないか……？」

声が真正面から聞こえてきて、理不尽さに死にそうになった。なんでもう回り込んでいるのだ！　超人か！　瞬間移動か！

「いいかげんにしてよ兄貴。遊んでる暇なんてないでしょう？」

トイレの方から、アディの強い抗議の声がする。そうだがんばれ部長。自分でもなんでこんなに必死になって逃げ回っているのかわからなかったが、置かれた状況はたちの悪い魔術にまきこまれているのと一緒だった。

「……わかったよ。とにかく戸締まりだけはしっかりしておけよ」

「誰かがひねって壊さなければ問題ないわ」

「たまには素直に聞けよ」

アディがなんと返したかは、ジノのいる場所からは聞き取ることはできなかった。だが相手は激しく気分を損ねたらしく、雑草に埋もれるジノのすぐ脇を通って表の庭へ歩いていき、門扉《もんぴ》を開け放って出ていった。がしゃん！　と乱暴に閉まる音がする。

「いいわよ、ジノ君。出てきても」

そう言われても、しばらくは頭を上げられなかった。

玄関から再び中に入ると、アディはスポーツバッグを提《さ》げて立っていた。

こちらは腕も肩もだるだるの土だらけだ。

「今のが……お兄さん？」

「そう。いつもタイミング悪い人だから」

「実は三人いるってわけじゃないよね？」

「なんでそんな結論が出たかわからないけど違うわね」

「ごめん。むりやりケンカまでさせちゃって」

「気にすることないわよ。いつもあんな感じだし」

それはそれで驚きだった。

「なに、ジノ君」

「いやべつに……」

いつもより声のトーンが下がって、やたらと感情的でとげとげしくて、あれが素だというのなら発見である。

「部長も意外に普通っていうか、人間なんだなあと……」

「失敬ねジノ君。私にだって嚙み合わない人ぐらいいるわ」

「それが今の？」

「カイゼル・エストリシュのグスタフって名前に覚えはある？」

アディはスポーツバッグを床に置き、玄関先の祭壇《さいだん》から、リボン付きのメダルを持ち上げて見せてくれた。

優勝、カイゼル上級学舎のカイゼル・エストリシュ。金メダルだ。

今年の二月に行われた、クローブの学生選手権のメダルである。

なんでこんなレアなものがここにあるのかわからなかったが、アディの言ったことを思い返し――ジノは頭が真っ白になるのがわかった。

「え」

栄光の赤いジャージ。背番号七。『帝王』アルト・グスタフ――。

「えええええええ、マジ！」

「近所迷惑よジノ君」

冷めた声で言われても、まだ驚いたままだった。

アディの兄は、あの『帝王』なのだ。今年も優勝確実といわれる常勝チーム、カイゼル・エストリシュの最速エース。

「うわ、グスタフ……なんで気づかなかったんだろ……そうだよ名字一緒だよ……」

「それぐらい関心がないってことでしょ？」

アディリシアとクローブがあまりにかけ離れた存在だったせいで、重ねて考えることすらしなかったのだ。こうして見ても、顔はあまり似ていない気もする。

（いやどうだ？）

雑誌やスポーツ新聞で見かける帝王の顔を思いだそうとするが、『なんかすごい人』というフィルターがかかってよくわからなかった。

「家に有名人がいるってどういう気分？」

「ジノ君、ものすごくあさはかな顔してるわ。ほらこれを見て」

「でもやっぱ気になるじゃないか。『帝王』なんだよ？」

「サインでも貰《もら》いたかった？」

冷静になったのは、輝く金メダルに写る自分のアホ面ではなく、訊ねるアディの冷たい目を見た時だった。

「──ごめん。うかれてたや」

「普通に考えて欲しいんだけど、私にそういう兄がいて喜ぶタイプに見える？」

「いやぜんぜん見えないね」

「だから言ってるじゃない。噛み合わないんだって」

横を向く彼女は、自分でもどうにもならない感情を持てあましているようにも見えた。

顔をあわせるだけでケンカになって、普通の会話もできなくなる。魔術の秘薬を飲んでいてさえ、声を聞けば一発でこの世に引き戻される。そういう、兄の存在。妹の存在。

兄妹のいないジノにはピンと来ないが──それはとても強い関係に見えた。

ある意味ジノには手が届かないぐらいの、良くも悪くも強すぎる何かだ。

「しかもジノ君自身、言うほどスポーツとか好きでもないでしょう。プレーする気もあんまりないし」

「うっ、ま、まあそうかもしれないけど」

「ジノ君はそれでいいのよ。そうでなきゃ困るわ」

男子失格と言われた気がして、少し悲しかった。

だがジノも生まれ変われるなら彼女のお兄さんぐらい、華のあるヒーロー街道を歩いてみたい気もするのだ。これも偽《いつわ》らざる本音だった。

「さあジノ君、気を取り直して実験再開よ。あの獣人になる薬だけど──」

「いやだめだめだめだめだめ！　あれはだめだっ！」

ジノは反射的に叫んでいた。

「そうなの？　だめなの？」

「ぜんぜんだめだ。効《き》き目《め》もない。ちゃんと作らないと意味ないよ」

「私、キッチンにいたと思うんだけど、起きたらトイレの前で」

「げーげー吐いたんだ！」

さすがにアディもショックを受けたようだった。

我ながらひどい言いぐさだと思ったが、もはや後戻りはできなかった。

「そう……げーげー……」

「げーげーだよ。げろげろだよ」

「迷惑《めいわく》かけたのね……」

「あの鍋、捨てといた方がいいんじゃないかな。体壊したら意味ないし」

犬っぽい彼女に耳をかじられ、力いっぱい抱きしめられた感触は覚えているけど、二度目はない。

もったいないけど、たぶん理性がもたない。

だからジノは嘘つきになる。

ああ怖い怖い。乙種の魔術ってほんとに怖い。

なんとか納得してもらうのに、ジノは多大な労力を費やした。

＊＊＊

翌日は、いつも通りに部室へ顔を出した。

そこでジノは、我が目を疑うようなものを目撃してしまった。

白い巻き毛の小さな犬が、部室の真ん中に鎮座《ちんざ》していたのだ。


「どうしよう、ジノ君。犬になっちゃったわ、私」


しかも喋《しゃべ》ったあああああああああああああああ！

人間、本気で驚くと喋ることもできないようだ。体は衝撃に凍《こお》り付《つ》き、その足もとに犬なアディがまとわりついてくる。

やっと脳みそに血が回りはじめてくると、ジノはへなへなとその場に膝をついた。アディはそのまま膝に乗ろうとしてきた。すっぽりと腕の中におさまる座敷犬《ざしきいぬ》サイズが悲しすぎる。

「あれからまた舐めるか飲むかしたんだろ……」

「残ってたから、つい……」

「だからやめろって言ったのに……！」

ついに本物の犬である。

「これからどうすればいいかしら」

「どうって。とりあえずここに隠れててもらって、それから後は……うー、僕ん家《ち》ペット飼うの禁止なんだけどなあ」

「あら、ジノ君、私のこと飼ってくれるの？」

「しばらくは仕方ないだろ。緊急事態なんだし。あとはミルトン先生に聞くしかないか。頼りになるかわかんないけど――」

「ねえねえジノ君、ふかふかの専用ベッドはよろしくね。散歩はいいけどミルクとおやつは欠かさないで」

「ほんとになんでこんな目に……」

「おもちゃは本をくれればいいから。あとはレコードが聴きたいわ。お風呂はたっぷりのお湯に」

「部長。ちょっとは危機感持ってよ――」

「わうん！」

ジノとアディのやりとりに、本物の犬の鳴き声が重なった。

「わふっ。わふわふ」

よく通る声だ。おなかが減っているのか、無視されていたのがつまらないのか、鳴いた犬はジノの腕の中で尻尾を振り続けている。

「……部長？」

犬は答えない。

さあよく考えよう。急なことで動転していたが、今まで会話をしていた、一連の声の持ち主は、いったいどこから話していた――？

「やっぱりそこだ」

「…………ごめんなさい。おかしくて」

声を殺して笑っていた『犯人』が、ついに古書の山の中から白状した。

五体満足なアディの顔が、遅れて出てくる。ほんのり目尻が赤くなっているのは、泣くほど笑った証拠に違いない。

「ここまで引っかかってくれると思わなかったの」

「冗談じゃないよ。こんな犬まで用意して！」

「でも最初に嘘ついたのはジノ君でしょ？」

しれっと返されて、ジノは言葉に詰まった。

あの作りかけの薬に効果などないと、彼女を説《と》き伏《ふ》せたのは確かである。その口でこんな風に慌てては、すべて嘘だったと認めるようなものだった。

目を細めて微笑むアディ。ジノの裏をかくことができて満足そうだ。

「……はいはいはいはい、さすがは部長様ですよ」

「はじめから正直に言えばよかったのよ。げーげー吐いたなんて乙女にとんだ侮辱《ぶじょく》だと思わない？」

それ以上の醜態《しゅうたい》をさらしたことを、彼女が知る日が来るだろうか。知ったらこんな風に平然としてはいられないに違いない。

彼女の兄の、『帝王』の登場がなかったらどうなっていたか――。

「ほんとすいません部長」

「私を騙《だま》そうなんて百年早いの」

「おみそれしました。ひれ伏します部長」

不肖《ふしょう》の平部員にも、腹にしまっておくべき秘密というのはあるのである。

ジノの手元で、純粋《じゅんすい》な犬がわんと鳴いた。

3

窓を開け放つと、白い犬の毛は、あっという間に飛ばされてちりぢりになった。

「フツーはまず換気だよな」

外の冷気を頬《ほお》に感じながら、ネイバーは掃除《そうじ》の基本事項を呟いた。

これから一日片付けをして、なんとか体裁《ていさい》が整えば万歳といったところだろうか。

あの時、アディが持ち込んだ犬は、彼女の家の隣に暮らすアームセン夫人の愛犬だった。散歩の代行と称して連れ出され、思いがけない小旅行を体験した犬は、ジノが自腹で調達したドッグフードとミルクをもらってまた家へと戻っていった。

たわいもない騒動ばかりが続く日々だったと思う。

「…………………」

いいや、この期に及んで嘘は言うまい。たわいもないどころか、けっこう大変な目が続く日々だったと思う。これ以外にもあれとかそれとか、主に自分が彼女のせいで。

「……えーっと……こりゃ誰のかわかんねーな……」

思い出にひたり過ぎるのも、ほどほどにしないといけなかった。ネイバーはあらためて捨てられて困るものとそうでないものを分類しはじめる。

この『頭蓋骨《ずがいこつ》』は部長のお気に入りだったはずだが、隣の民芸品はどうだろう。

「——やあ。やってるようじゃないか」

一人きりの作業だと思っていただけに、後ろでドアが開いた時は驚いた。

ゴードン・ミルトン教官だった。

彼はアイロンのかかっていない白衣を着たまま、気楽に手を振った。乙種魔術研究部の顧問。そして学院で数少ない乙種魔術の担当教官だ。

動きの止まったネイバーを前にして、ゆっくりと教室内に入ってくる。

「さっき表でラヴィーン君に会ってね。君ががんばって片付けをしてるから手伝ってやってくれって言われたよ」

「ああ……」

理由がわかり、ネイバーは少しほっとした。

今さら教官がここに立ち寄るはずもないのだ。メリエルの差し金なら納得がいく。

「親切な子だね、彼女は」

「そうですね……」

「どれ、私も手伝って片付けようかね。この土鈴、どれいがいい？　なんてな」

つまらないダジャレで勝手に笑うところは変わらない。

変わったのは――。

「先生。ちょっと質問してもいいですか？」

「なんだい、ラティシュ君。君が質問とは久しぶりだ」

向かいに膝をついたミルトン教官は、鷹揚《おうよう》に言った。ネイバーは古書の山をまとめる手を休め、質問をぶつけた。

「アディリシア・グスタフをご存じですか」

「グスタフ？」

彼は少し間を開け、破顔《はがん》した。

「いきなり何を言ってるんだ。彼女だろう？　大事な教え子だよ。あんなに勉強熱心な子はいない」

「聖獣眷属論《せいじゅうけんぞくろん》……」

「ん？」

ネイバーはあらためて左右に気を配る。大丈夫。この近くに人はいない。この話を聞いている人間は誰もいない。

諦め半分、そして一縷《いちる》の望みをこめて、何度目かの質問を投げかけた。

「エーテルのない地で魔女が魔女術《ウイッチクラフト》を使うことができるのはなぜですか？」

ゴードン・ミルトン教官は、こちらの顔つきに引きずられるように真顔になり――。

「それがわかれば大発見だねえ」

いつもと同じように笑った。

ネイバーの中で、焼け付くような怒りが再燃した。

――それは嘘だ。あなたは自分で答えを口にしたはずだ……！

Episode.4
タストニロファウエスは生きていた

（——それは嘘《うそ》だ。あなたは自分で答えを口にしたはずだ……！）

1

ネイバーの胸の中に、強い思いがこみ上げても、目の前にいる相手には届かない。

黙り込んだこちらを置いて、笑いながら古書の山を片付けているのがゴードン・ミルトンなのだ。

「……はは、見てくれよラティシュ君。この本もここにあったのか。なつかしいねえ」

白髪《しらが》交《ま》じりの痩《や》せた後ろ姿を見ていると、ふいになにもかもぶちまけてやりたくなる。

今いる状況。自分たちが置かれた立ち位置。

彼は今も相変わらず学院の閑職《かんしょく》にいるが、裏で禁忌《きんき》の謎《なぞ》を抱えていた重圧はもうない。

なんとも言えず、そう——楽そう、なのだ。うらやましいほどに。

ジノは言った。

「——先生。もういいです。残りは俺《おれ》だけでもできます。大丈夫ですから」

「お、そうかい？」

「任せてください」

「じゃあお言葉に甘えようかね。少年よしょーいねんばだ、なんてな」

ギャグにかろうじて苦笑を返すと、ミルトンは笑いながら部室を出ていった。

そして追い返して誰《だれ》もいなくなった部室に一人でいると、あらためて孤独にへし折れそうになる。

(こんなの)

(みんな)

無意味じゃないのかよ。何やってるんだよ。

折りに触れ襲ってくる捨てばちの発作《ほっさ》が、またやって来ようとしていた。

ネイバーは、ミルトンがまとめていった古書の山から、一番上のものを拾い上げた。

子供向けの図鑑《ずかん》だった。持ち込んだのは、他でもないジノだった。

明るい色合いで、まだ誰も見たことがない聖獣《せいじゅう》の姿が大きく描いてある。

「みんなの竜図鑑、か……」

だからネイバーはこういう時、かつて一緒にいた少女のことを思い出すことにしている。

彼女はとても気ままで勝手でワガママで。

こちらのことを思う存分振り回して。

たまに拗《す》ねたり頼ったりもして。

けど。だけど。

みんな私が悪かったのと、最後は涙を見せて悔《くや》しがった、アディリシア・グスタフという人間のことを。口にはせずに考えるのだ。
どうして今があるのかを――。

2

地上最凶《さいきょう》の肉食竜、獣脚亜目《じゅうきゃくあもく》ティスラサウルス。

体長百五十フィートの最大草食竜、竜脚亜目《りゅうきゃく》アテラノドン。

天翔《あまか》ける飛行竜プティオシスに、海竜リプサウルスも捨てがたい。

見開きのページいっぱいに広がる古代の想像図に、ジノは「いひひ」と変な笑いを漏《も》らしてしまうのだ。

いつ見ても竜って奴《やつ》は、すばらしい。というより、今から何千何万年も昔の大陸には、こんな生き物が闊歩《かっぽ》していたのだと言う事実に胸を打たれるのだ。

「ロマン。ロマンだよなあ……」

ジノ・ラティシュ、そろそろ十五歳。通っているカイゼル魔術学院《アカデミカ》も、今は平和な昼休みだ。こうして購買で買ってきたパンをぱくつきつつ、部室で本を開くこの幸せは何物にも代え難いものがある。

例の横暴部長様も、まだ顔を出してはおらず、部屋はジノの貸し切り状態である。

モノは昨日の放課後、古本屋で衝動買いしてしまった竜図鑑だ。

そもそもニルス＝アギナ陽光神《ようこうしん》に名をいただいた聖獣として、大地や他の物体と並び、ありがたく神聖視される竜ではあるが、男子的には失われた巨大生物としての良さも無視できないのではないだろうか。

たとえば祖父母や両親から子供用の図鑑をプレゼントされ、朝から晩まで読み倒し、竜の長ったらしい種族名をいかに暗記するかに執念を燃やし、『大きくなったらティスラサウルスになる』と言い張って生ぬるく笑われた経験、誰しも一度ぐらいはある……と信じたいジノである。

熱病のように竜が好きだった時期は過ぎたが、それでも幼い頃の憧《あこが》れが消えるわけではない。こうして通りすがりの本屋さんで、見知らぬ関連本を見かけると、ついつい手がのびてしまうぐらいにはファンだった。

しかも。今回は子供の頃に買ってもらったものとほぼ同じシリーズだったので、懐《なつ》かしさまで手伝ってしまった。傍目《はため》には児童書にかじりつく魔術学院生《アカデミカ》に見えるかもしれないが、たまにはいいだろう。この背徳感《はいとくかん》もおつなものなのだ。

「は～、首長竜～」

「ずいぶんと熱心ね、ジノ君」

「ぶ」

ブロクロドンの優雅《ゆうが》な首の曲線美ににやけていたジノは一転、顔色を変えた。

いつのまに戸が開いていたのだろうか。アディリシア・グスタフが、肩越しにこちらを見下ろしていた。

「ぶぷっ、部長！」

「もうお昼、食べちゃったの？　私なんてこれからよ」

長い髪に、白すぎるほどに白い肌《はだ》。本当にぱっと見だけなら楚々《そそ》とした優等生風の美少女だが、同じ魔術学院《アカデミカ》の同級生にして、恐怖の乙研《おつけん》部長様だ。

ジノは慌てて図鑑を抱きかかえるが、中が隠れるかわりに『みんなの竜ずかん』という子供向けバリバリの表紙が、丸見えになってしまう。

だがアディは何事もなかったように、テーブルの上に荷物を置いた。そして自分のランチボックスだけ持って歩いていってしまう。

「……えーっと、部長？」

「なに？　ジノ君」

——なんだろう。てっきり好き放題いじり倒されると思ったのに。

行き先はお気に入りの古書の山だ。読みかけの本と一緒に食べるつもりなのだろう。

「いや、なんでもないけど」

「そう」

彼女は適当な高さに積んだ本をテーブルがわりに、小さなランチボックス（なんであれっぽちの大きさで足りるんだ！　間食か？　おやつか⁉）の蓋《ふた》を開けている。

中から取りだした野菜のサンドイッチを、やはり小さな口で食べはじめた。

「おいしい……？」

「あんまり」

「そ、そう」

「カラシを入れすぎたわ」

「辛《から》いんだ」

「激辛よ」

「だ、大丈夫？」

「死にそう」

「死なないでよ」

「努力するわ」

とてもそうとは見えない平坦《へいたん》な顔つきで、彼女はサンドイッチを食べ続けている。

——やっぱり何かだまされている気がする。

たとえば子供向けの図鑑を広げて、一人にやにや笑っていたら、まず間違いなく彼女は突っ込みを入れる。情け容赦《ようしゃ》なく入れる。

表向きは冷静に、「はーいジノきゅん。ジノきゅんはいつから六歳児になったのでちゅかー？」「授業は辛《つら》い？　レポートは辛い？　思い出に逃げるようになったら、おっさんのはじまりよ」「お名前自分で書けるの？　わー、しゅごいですねー」——その他もろもろエトセトラ。

　こちらがごめんなさい許してくださいと泣いて頼んでも、自分の知的好奇心が満足するまでサンドバッグにパンチを打ち込むのが部長様のはずである。

　見なかったふりをしてくれたのか？　あのアディが？　そんなまさか！

「――ジノ君から、とても失敬なことを考えている匂いがするわ」

「いっ、いやいやそんなまさかあ！」

「いいえ私にはわかるもの」

　アディは静かにランチボックスの蓋を閉じた。

「どうもジノ君は、私のことを誤解しているみたいで悲しいわ。どうして自分からフィールドワークの予習をしてくれてる人のことを、悪く言わなきゃいけないのかしら」

「はい？」

　フィールドワーク？

　きょとんとするジノに対し、彼女は可憐《かれん》に小首をかしげてみせる。

「週末に行くでしょう。ミルトン先生の現地調査に、助手として同行するの」

「いや初耳なんだけど」

「そうだったかしら」

「聞いてないって」

「じゃあいま聞いたことにしましょう。ほらもう聞いた」

「むちゃくちゃだ」

「でもジノ君、竜が好きなんでしょう？」

アディは古書の山に肘《ひじ》をつく。

「フィールドワークの行き先は、あのエルト湖のエルト村よ？　その記事、見たことない？」

彼女が作業テーブルに置いていった新聞が、目に入った。折りたたまれた紙面には、すぐには信じられない見出しが躍《おど》っていた。

——驚異の発見！

——エルト湖の湖底に竜は生きていた！

——千年の時を生き抜く聖獣、『エルーン』を徹底解剖《かいぼう》——。

「はいい？」

思わずその場に腰を浮かせてしまった。これって大スクープではなかろうか。

＊＊＊

山と山の間に、太陽が沈《しず》んでいく。

まるで煉獄《れんごく》だ。

一日の終わりを染め上げるのは、まるで断末魔《だんまつま》の叫《さけ》びのように強い赤。そして波一つなく凪《な》いだ湖面に、周りとそっくり同じ赤が映り込む。

生まれた頃から変わらないこの景色を、恐ろしいと思うようになったのはいつからだろう。ネリンは唇《くちびる》に添えた笛《ふえ》の吹き口に、そっと息を吹き込んだ。

旋律《せんりつ》は穏《おだ》やかに子守歌を紡《つむ》いでいく。

こうして目に映る赤い景色のすべてが、夜に包まれて眠りますようにと。何より、それすらも届かぬ水底の世界にも響くよう願いながら。どうかどうかと――。

「ネリン！　そこにいたか！」

はっとして振り返る。

彼女の養い親が、街道の馬車から声を張り上げていた。

「またお前は。勝手に神殿を抜け出すな。客人がまだいたんだぞ」

「すみません、だんなさ」

「その呼び方はするな。タグだ。呼び捨てにしろと言っているだろう」

ネリンは養父の叱責《しっせき》を浴びながら、足場の悪い坂を上がっていった。

ここで見つかってしまったということは、散歩の時間をもう少しずらさなければならないだろう。

ネリンが着ている白の装束《しょうぞく》は、裾《すそ》が長く装飾も多く、山歩きには向いていない。途中で袖《そで》の飾り紐《ひも》が枯《か》れ枝《えだ》に引っかかると、養父が「早くしろ」とさらに急《せ》かした。

ようやく養父の馬車にたどりつく。もたつくネリンにしびれを切らしたように、手を伸ばして御者台《ぎょしゃだい》へと引き上げてくれた。

(わたしはいつも鈍《どん》くさい)

礼を言う前に、もう馬車は走り出してしまう。

「ずっとあそこにいたのか」

「……そう、です」

「誰にも会ってないな?」

「わたし、は」

「あの女にも」

養父の言葉に生えた棘《とげ》が怖くて、身がすくんでしまう。

この人は、いつでも強くて正しくて、間違っている弱い者には、どこまでも無関心か冷淡《れいたん》だった。もうただの弱者とは言えない今でも、ネリンは彼が怖くてたまらない。

「……あの人は、悪い人じゃなくて。エルーンのことも」

「いい悪いの問題じゃない。お前に会う人間は私が決める。エルーンの件もだ」

車輪が石の上を乗り越え、大きく跳《は》ねた。

「都から学者が来るぞ」

養父はこちらを見ていない。ひどく恐ろしいことを言っているはずなのに、毅然《きぜん》と前だけを見据《みす》えている。

「しない。エルーンはエルトの竜だ。お前は当代きっての『竜の愛《め》でし児《ご》』だ。これで都のお墨付《すみつ》きを貰《もら》う。正教会だって無視できない」

「……追い返したり、は」


ネリンは、笛を握ったままうつむいた。

山際に日が沈んでいく。湖面を赤く染め、ネリンを赤く染め、すべて沈めば夜がやってくる。

——ぴしゃん。

背後で何かが跳ねる、水音を聞いた気がした。

＊＊＊

この世にはさまざまな謎がある。

蒼海《そうかい》と遠海《えんかい》のさらに先、現時点で最果てと目される大瀑布《だいばくふ》の向こうに何があるのか。

赤ん坊は母親の言葉と雑音を、どうやって聞き分けているのか。

女心はなぜ移ろいやすいのか。

はたして竜は、本当に絶滅《ぜつめつ》したのだろうか——などというネタも、議論のテーマとしては最適だろう。ためしに床屋《とこや》の主人に話題をふってみれば、店で会計をすませるまで暇《ひま》がつぶせる。

フィクションの世界でも、ノンフィクションの世界でも、過去に何度も取り扱われてきたテーマである。

いわゆる大地《ザフト》の眷属《けんぞく》である人間だが、こと大地と同じ聖名《せいめい》持ちの竜への畏敬《いけい》の念は半端《はんぱ》でない。あえて誤解を恐れず申し上げるなら、もう『むっちゃ』好きなのだ。好き好き大好き超愛してるなのだ。他の何をぶっちぎってでも、ザフト正教会で聖獣の称号を頂いてしまっているのがその証拠かもしれない。

生きていてくれればいいなあとは思うが、今のところ確かな証拠が見つかったという話は聞かない。

だがしかし。ああしかしでもそれでも、ほんの一縷《いちる》の望みにかけて、諦《あきら》めきれないのが人間の業《ごう》というものなのだ——。

「えーっと、二番ホーム、二番ホームの……あった」

ジノは小声で呟《つぶや》いた。

フィールドワークの待ち合わせ場所は、メイゲート駅のホームだった。わずかばかりの着替えでふくらんだリュックサックと、ケース入りの展開杖《てんかいじょう》とともに、目的のベンチに腰をおろす。

まだアディもミルトン教官もやって来ていないようだ。

ジノはあたりを見回した後、あらためて例の新聞記事を、リュックのポケットから引っ張り出した。

（驚異の発見、か……）

エミール北東部にあるエルト湖で、竜の姿が相次いで目撃されている、という記事である。写真は水面に見え隠れする竜のシルエット。『村では湖に棲《す》む竜のことを、エルーンと呼んで崇《あが》めてきたのです。決して偶然《ぐうぜん》ではありません』と語るエルト村の村長さんの談話が載《の》っていた。

たとえそれが、半年に一度は『妖精《ようせい》を捕獲《ほかく》した！』と合成写真を載せるような大衆ゴシップ紙だとしても、気にはなる記事だった。

ジノ・ラティシュ。カイゼル魔術学院《アカデミカ》三年生。隠れ竜マニアを自称して約十年。まさか真偽《しんぎ》を確かめに行く立場になるとは思わなかった――。

「ジノ君、まだ一人なの？」

どうして彼女は、近づく時に足音がしないのだろう。

またしてもアディリシアがこちらを見下ろしていた。

レースのワンピースに革トランクと日傘《ひがさ》を持って、まるで保養地に向かうお嬢《じょう》さんだ。トランクにジノと同じ展開杖がくくりついていなければ、うっかり見とれていたかもしれない。

彼女はジノの隣《となり》に腰掛けた。

「今さら記事なんて見て、何か新しいことでも書いてあった？」

「や。あの、そういうのはないけどさ……」

喋《しゃべ》る途中で、ホームに待機している列車が、あらためて蒸気を噴き出した。こちらを乗せて走る力をためているようだった。

「なんて言うか……こういう聖獣の調査とかも、魔術学院《アカデミカ》で扱う分野なんだなって、あらためて思ったりしてさ」

「なんでもやるわよ。特に人工魔術の甲種魔術《こうしゅまじゅつ》と違って、乙種《おつしゅ》魔術はフィールドワークが命なんだから」

「竜がいるかどうかも魔術に関係あるって？」

「そうよ。魔女の魔女術《ウイッチクラフト》は、儀式の小道具として竜の化石がよく使われるわ。竜を崇める聖獣信仰《しんこう》も、大陸のあちこちで残ってる。これから行くエルト村もそうだけど、地域独自の呪術《じゅじゅつ》と結びついてる場合も多いから、研究するなら外しちゃいけない要素よね。たとえば有名所だと——」

「ああうんはいはいはい。なんとなくわかったかも」

「不真面目《ふまじめ》よジノ君」

ここで彼女のうんちく話を真面目に聞くと、時間がいくらあっても足りない。ジノも最近は聞き流す方法を学んだのだ。

アディは軽く嘆息《たんそく》し、日傘を手元でもてあそびはじめる。

「まあ私だって、今回の調査が特別に重要だなんて思ってないわ。今さら竜がどうこうなんて実のあるテーマとも思えないし」

「あ、そう思っちゃうんだ」

「竜と呪術の関わりについては興味深いけど、竜の生き残りに関してはノーの立場なのよ。ジノ君には悪いけど」

でもね、とアディは付け足す。

「いくらくだらない調査だとしても、一乙女《いちおとめ》としては、簡単に嫌とは言えない立場なの」

「は？」

「だってチャンスでしょう。灰色の日常では味わえない旅の解放感。いつどんな『うっかり』があるかわからない。利用しない手はないわ。せっかく先生がご自分から誘ってくださったんだから。ここは気合いを入れてステップアップを目指さないと。孤独な紳《しん》士《し》の心を優しくノックして、今こそ本音を引き出す時なのよ」

どうも本気で語っているらしいアディを、ジノは口もとを引きつらせながら見てしまう。

しかもそこに、当のゴードン・ミルトン教官が、汗を拭《ふ》き拭《ふ》きやってくるのである。

「——いやー、悪いね遅れちゃって二人とも！　よりにもよって出がけに切符忘れちゃったんだよ。ゴミ箱まであさったよ参ったね。これがほんとのごみんなさい、なんてな。あっはっは！」

彼は白髪交じりのぼさぼさ頭で、着古した背広の上着をトランクと一緒に片手に抱え、ジノたちの顔を見るなり遅刻の理由を語ってくれた。

ジノは横目でアディを見た。あらためて問いかけたくてたまらなかった。

――孤独な紳士の心って。

――どこですか？　このおっさんのどこにあるんですか部長様!?

枯《か》れ専《せん》の考えることは難しすぎるのである。


ジノが出発前に軽く調べたところ、エルト湖はファンチェとの国境近くにあり、緑豊かな山間の湖のようだ。こんな調査旅行がなければ、足を運ぶことなどなかっただろう。

四人がけのボックスシートに腰掛けて、変わらない田園《でんえん》地帯の風景を眺《なが》める。

いい加減同じ景色が続きすぎて退屈になってきたが、他に見るものは何もない。

アディが数分前に手洗いに立ったので、話す相手と言えばミルトンぐらいだ。

「ラティシュ君。僕の顔、何かついてるかい？」

「……いえ、なにも」

食べ終えたばかりのサンドイッチの屑《かす》は頰《ほお》についているが、それ以外は何も。

(ほんとに何もないよ)

ざっと見積もっても、三十は年上の中年男だ。ジノも乙女心がわかるとは死んでも言えないが、若い娘が夢中になれる要素が、この男の外見にあるとは思えない。

それなら地位や肩書きだろうか。一応、名門カイゼル魔術学院《アカデミカ》の教授職だが、校内の人気はないに等しい。

そもそもジノは、ミルトンがどんな研究をしているのか知らないのだ。アディが彼の翻訳《ほんやく》を手伝ったり、狼《おおかみ》人間になってみたり、多少関わっているらしいのを知っているぐらいで——。

「あの、先生」

「ん？」

「今回の調査は、先生の研究に役立ったりするんでしょうか」

「僕の？　いやあ、そりゃどうだろうねえ」

「わからない、んですか……？」

「ははは。恥《は》ずかしながら学会とか論文の発表なんかから遠ざかっちゃってるだろう？」

「はあ……」

「ここらで何かしら成果を上げとかないとってんで、教授会がくれた調査仕事なんだよ」

「はあ……」

「みんないろいろ忙しいからねえ。誰かを派遣《はけん》しなきゃいけないなら僕でもいいって」

「はあ……」

「まあのんびりやろうよ。竜は逃げていかないし、たまには旅行もいいだろう」

いいのか？　本当にいいのか？

あまりの呆《あき》れ具合に、ジノは次の言葉が出てこない。

「――あ、でもこれ、グスタフ君には内緒で頼むよ」

だがそこに、アディが戻ってきた。

「私がどうかしましたか、先生」

「おやグスタフ君」

ミルトンは、わざとらしく顎《あご》に手をあてて意味深な顔をし、

「いやあ。残念ながらこればっかりは言えないよ。男同士の沽券《こけん》にかかわる。なあラティシュ君」

「ジノ君、あんまり先生を困らす相談しちゃだめよ」

頼むからこちらを巻き込むなと言いたい。

「そうだ先生。サンドイッチのお味はいかがでした？」

「うん――なかなか良い感じだったよ。カラシが程よいね」

「本当ですか？　嬉《うれ》しい。デザートに桃の蜂蜜《はちみつ》漬けも作ってきたんです」

「そりゃいい。どれどれ……こりゃまた見事な色合いだ。ラティシュ君見たまえ、本職真っ青だよこれは」

「真っ青なんて、恥ずかしいです。ただの趣味ですから」

「しかも味もいい」

「光栄です、先生」

かいがいしく世話を焼き、大真面目に照れているアディリシア・グスタフ。なんでこ

んなものを見せられないといけないのだろう。

「どうしたの、ジノ君。もしかして桃は嫌い？」

デザートのタッパーを持ったまま首をかしげるアディを見ていると、ひどく冷めたというか、そっぽを向きたい気分になってくる。

「べつに」

窓の外は、変わることなく緑の牧草地帯が続いている。さっさと目的地についてくれないだろうか。

＊＊＊

最後に乗り替えた列車で一夜を明かし、たどりついたのはローカル線の終点近く。目的地であるエルト村は、ここからまたしばらく山間に向かったところにあるらしい。しかし、吹きさらしのホームに降りる人間は、ジノが思っているよりも多かった。荷物を持って移動しようとすると、他の客にぶつかりそうになる。

「ち、ちょっと待ってよ、部長！」

「早く行きましょう。外で待ってるわよ」

日傘一つの身軽な格好《かっこう》で、アディが歩いていく。先行するミルトンの背中を追い、駅舎の中へと消えていく。

（たくもー）

その彼女の荷物一式を持っているのはこちらなのだと、文句を言う暇もなかった。ジノはぶつくさ呟きながら、やたらと重いトランクをかついで歩いていく。

木造の駅舎。駅員の姿はなく、無人駅のようだった。

待合室の壁に、小さな額が飾ってあった。首の長い竜の水彩画。同じ竜をモチーフにしたらしい置物も、出口近くに置いてあった。

そして出入り口の天井《てんじょう》は、もっと露骨だった。

『ようこそ、エルーンの統《す》べる里へ』

――横断幕がさがっている。

天井の埃《ほこり》のせいで薄汚れているが、布自体はそう古くないように見えた。

そのまま立っていると、先に降りた乗客たちの喧噪《けんそう》も聞こえてくる。

「あー、竜ってのはぁ、どこで見られるんだね」「ハミルトンご一行様、こちらホテル『ベル・エルーン』でございます。馬車の用意ができております！」「押さないで、一列に並んでくださーい！」「押さないでー」――賑《にぎ》やかなものだ。

馬車に乗り込んでいるのは、大半がリタイア済みの老人のようだが、全員がエルト村の竜を見に向かうようだ。

なんだろう。

もうちょっと秘境というか、穏やかな山里をイメージしていたのだけれど。

想像とはやや違う賑わいぶりに気圧《けお》されていると、「ジノ君！」と名を呼ばれた。

「早く。みんな待ってるから」

「わ、わかったよ」

アディに急かされ、ジノは慌《あわ》てて足を早めた。

そして集まった先には、見知らぬ男が混じっていた。深緑色の毛織りのジャケットに
年はミルトンと同じか、やや下ぐらいだろう。深緑色の毛織りのジャケットにボウタボウタイを締め、体格はかなりがっしりとしている。隣に立っているミルトンも似たような格好をしているだけあって、余計に厚みと骨格の差が際だっている。

「やあ。そろいましたか」

彼はジノを見かけると、「はじめまして」と握手を求めてきた。握り返すと皮膚《ひふ》は固く、そして熱かった。

「タグ・シモンズと申します。エルト村の代表をしております」

「は、はじめまして。ジノ・ラティシュです」

「魔術学院《アカデミカ》の学生さんですね。ミルトン教授の助手で」

「そうです。一応」

シモンズは満足げにうなずいた。趣味はクローブか七人漕《こ》ぎのボート競技です、と返事がきそうな気がする。頑丈《がんじょう》そうな体型的にも、そして快活そうな性格的にも。

「わざわざ遠いところを、ようこそお越しくださいました。まずは村へご案内しましょ

う。宿を用意してあります」

シモンズはジノたちを連れて歩き出す。

少し離れた木の下に、クラシックな箱形の乗用車が停まっていて、ジノたちはそれに乗って移動することになった。

送迎の馬車や自動車が走る道の最後尾を、四人乗りの車はゆっくりと走っていく。

「——いやあ。ずいぶん賑わっているようですね」

ミルトンが世間話のように言った。

「ええ。まがりなりにも全国紙に取り上げられましたからね。一時的な見物人は増えていますが、昔ながらの参拝客も多いですよ」

「聖獣——竜の信仰ですか」

「そうです。私どもは、ただ単純にエルーンと呼んでおりますね。それが『あの者』の呼び名だと伝えられているので」

「なるほどなるほど」

ミルトンは長めの眉《まゆ》の下で目を細め、シモンズの言葉に相づちを打つ。

「ドクター・ミルトン」

「はい、なんでしょうかね」

「どうかこの件を魔術学院《アカデミカ》や王国議会へ報告される時は、正確にお伝えいただけないでしょうか。エルトの人間は、昔からエルーンとともに歩んできたのです。雨乞《あまご》いも豊穣《ほうじょう》もみなエルーンに願ってきました。正教会の教えをないがしろにしたことは決してないですが、エルーンは我々だけの守り神のようなものなのです。湖の中と外で通じ合ってきたのです」

「いえいえ、お気持ちはわかります。自然なことです」

「良かった。ああ、そこがエルト村です」

シモンズがハンドルを握りながら指さした。

山と山に挟《はさ》まれた盆地に、煉瓦《れんが》の粒《つぶ》をまぶしたように集落が広がっている。村を抜けるとエルト湖に行き当たるらしい。

シモンズが用意した宿は、赤い煉瓦に蔦《つた》が這《は》う、目抜き通り沿いのホテルだった。都会の感覚で言えばささやかだが、ここに来るまでに今まで見た建物の中では、群を抜いて立派な方だ。シモンズ・インと看板がかかっていた。シモンズが経営しているのかもしれない。

シモンズとミルトンが話をしている間、ジノとアディは離れて待つことになった。

「何話してるのかしらね」

「さあ」

「お腹減った？」

「うーん……」

ロビーの片隅《かたすみ》で、手持ちぶさたにあたりを見回す。

「どうかしたの？　ジノ君」

「いや……」

思わず言葉を濁《にご》した。ちょっとびっくりするほど、場違いに都会的な美女を見つけてしまったのだ。

火の消えた暖炉《だんろ》を前に、ラウンジのソファが並んでいる。その女性は一番窓際のソファに座り、雑誌片手にクリームたっぷりの珈琲《コーヒー》を飲《の》んでいた。

ボリュームのある銀髪を高く高く結《ゆ》い上げ、瞳《ひとみ》には大振りの遮光グラス。大きく胸元の開いた赤いワンピースに薄衣《うすぎぬ》のストールを巻き付け、長い爪《つめ》でページをめくる姿はとにかく迫力があった。その女性の周りの空気だけ、何かの切り取り線が見える気がした。そして田舎《いなか》のコテージ風の内装からは、当然のように浮き上がっていた。

「ジノ君、ジノ君起きてる？」

ギャップをもろともしない奇抜な風体《ふうてい》に見とれていたら、なんとレンズ越しに目が合ってしまった！

「ハイ、少年。可愛《かわい》いけどどこから来たの？　二十字以内で答えなさい」

ハスキーな甘い声に、ジノはまともに慌ててしまった。

「えと。あのっ。ぼっ、僕はっ」

「シモンズと一緒に来たの？　新聞記者にしては若いコだけど。反論があるなら三十字以内で」

わー。わー。わー。わー。

「ぽぽぽぽ、僕は、その、竜の、竜の調査にですね、えと」

「ラティシュ君。グスタフさん。部屋の件だが――」

ちょうどそこに、シモンズが歩み寄ってきた。

超絶美女と話せることより、超絶美女と面と向かうプレッシャーの方がきつかったジノは、正直ほっとした。

シモンズは、なぜか眉間《みけん》の皺《しわ》を深くした。

「ミス・フレイ。こんなところでなんのご用ですかな」

「なんの、なんて。半端にださくて見るところなんて一つもないウンコ宿だけど、珈琲だけはここが一番飲めるんだもの。四十八字」

「――それは結構なことだ。だがこちらは私の客人です。かまわないでいただこうか」

フレイと呼ばれた美女は、身も蓋もなく酷評《こくひょう》したその口で微笑んだ。くっきりとした赤い唇。それだけで金を払う価値がありそうな、極上の笑みだ。

「そう言われると興味があるかも。十五字」

「行きましょう、ラティシュ君」

シモンズはつられることなく、きびすを返した。

そしてゴードン・ミルトン教官は、こういう場でも空気が読めない人間らしかった。

「はー。いやはや、こりゃまた綺麗《きれい》な人だ。布もないのにキレいな人、なんて」

「……村に長期で滞在している女性ですよ。小説を書いているそうです」

「ほう。作家の先生ですか。ジャンルはなんでしょうね」

「さあ、私にはよく――」

やはりシモンズは、あまりフレイの話をしたくないらしい。確かに美女は美女だが、癖《くせ》が強すぎる美貌《びぼう》とも言う。ジノは最後尾を歩きながら、そっと後ろを振り返る。

フレイは読書に戻ってしまっていた。

昼下がりの空気に馴染《なじ》まない、どこか酔《よ》いそうな美貌はそのままだった。


そしてアディがやってくれた。

宿に用意されていた部屋は、通路を挟んで二部屋。大きいツインルームをジノとミルトンが使い、小さなシングルルームをアディが使うことになっていた。

しかし荷物を運び込む段になって、部長様が妙なことを気にしはじめた。

「だって先生を差し置いて私が個室なんて……先生がこちらを使うべきなんじゃないですか？」

「――は？」

「はあっ？」

この人はいったい何を言い出すのだろう。

「私なんてジノ君と雑魚寝《ざこね》で充分《じゅうぶん》です。先生、どうぞ個室を」

「いやあ君、そりゃあさすがに悪いよ――」

「ジノ君にかぎって間違いなんて起きるはずありませんし。そうよね、ジノ君」

アディは平然とこちらの答えを待っている。やばいマジだ。これはどう見ても真剣な申し出だ。

ハイと言ったら同室になり。イイエと言ったらヘンタイになり。なんと言っても微妙な流れに、ミルトンがとどめを刺した。

「そうかい、それじゃあお言葉に甘えさせてもらおうかね」

おっさあああああん。

「荷物を置いたら下のラウンジに集合だよ」

「はい、先生」

「五分で集合。しゅごーい、なんてね」

アディは笑いもせず、こくりと大真面目に頷いた。

――どうなんでしょう。なんなんでしょう。

そしてジノたちは、成り行きのままツインの大部屋に移動する。

「ねえジノ君、私、窓際のベッド使ってもいい？」

「いいけど。好きにすれば……？」

アディは目印とばかりに日傘をベッドに置くと、窓の外を一瞥《いちべつ》し、すぐに部屋を出ていってしまった。

「はあああ……」

ため息が止まらない。

続いてドアを開けると、向かいの部屋からミルトンが出てくるところだった。

「お、ラティシュ君か。グスタフ君はもう下かい？」

「そうみたいですね……」

ミルトンはへらへらと苦笑していて、それが妙に――カンにさわった。

「あの子も面白い子だね。たぶん悪気はないんだろうけど」

そう思うなら、助け船ぐらい出してくれても良かったのに。

自分は安全圏《あんぜんけん》にいるからか？　こっちがなんの手出しもしないヘタレだと確信してのことか？　なんにしろ勝ち組の余裕か？　いやそもそも何をどうすると勝ちになるのだ？

「シモンズさんのお宅が近くにあるそうだよ。そちらで色々聞かせてもらえるらしい。楽しみだねえ」

「わかってます！」

自分の気持ちを明確にすることなど、この世で難しいものの筆頭なのだ。

＊＊＊

「――学者様が到着されたそうですよ」

ネリンが暮らす湖畔《こはん》の神殿は、いつも湖に向かって戸が開いている。

エルト湖の上を渡って冷やされた涼しい風が、部屋の気温を下げてくれるが、この時は本当に肝《きも》が冷えた。

「そ、そう……」

「父が出迎えに行っているはずです」

ちょうど世話役の侍女《じじょ》から受け取ったばかりのティーカップを、卓に倒してしまったほどだ。

ファンチェ製の茶器と花瓶《かびん》の間を染み渡るように、花茶が広がっていく。ネリンは慌てて卓を回り込み、布でこぼれた茶をおさえた。

ゆすぎに行こうと立ち上がるが、その先には、冷ややかにこちらを見つめる侍女の姿があった。

「――ネリン様。それは私の役目です」

血の気が引く。またやってしまったのだ。

「ご、ごめんなさい。お嬢さ」

「わざとやってるの？　いい加減にしてよ」

ネリンから汚れた布を受け取る瞬間、薄皮が剝《む》けるように素が覗《のぞ》いた。

「エルーンに選ばれたのはネリン、あんたでしょう。私でもなければマノンでもない。あんた。あんただけ」

彼女の瞳の奥に、くすぶり燃えている炎《ほのお》は見ないふりをする。向こうがこちらを憎《にく》んでいるのはよく知っている。

「そうでなければ、誰があんたなんかにお茶なんて淹《い》れて――」

その瞬間、湖の水面を何かが跳ねた。

魚と呼ぶにはひどく大きな水音に、侍女はびくりと肩を震《ふる》わせる。まるで天から不敬を咎《とが》められでもしたようだった。ネリンの顔を見返し、気の毒なほどに怯《おび》えはじめた。

「ネ、ネリン様。わ、わたしはただ――」

「……大丈夫。もうお下がりなさい。祈りの時間は妨《さまた》げないで」

「はっ、はい！」

侍女は一礼するのも忘れ、逃げるように部屋を出ていった。

――守られているのは、敬《うやま》われているのは、ネリン・フィールズが巫女《みこ》だから。

知ってる。わかっている。ネリンは再び椅子《いす》に腰掛け、窓の向こうを眺めた。

水面は気持ちよく凪いでいる。

袖口から笛を取り出した。吹く前にいつもの祈りをはじめる。

「……私は、エルーンの巫女。竜に選ばれたエルトの愛でし児。私は、エルーンの巫女。竜に選ばれた──」

それはおまじないの呪文《じゅもん》。ネリンの心が落ち着くまで。体の震えが止まるまで唱え続ける祈り。

いつかあの人が言ってくれたように、現実が真実に変わるまで──。

ジノたちはシモンズ氏の自宅に招かれ、そこからヒアリング開始となった。

「──まずはあらためて、お礼を申し上げます。調査受諾《じゅだく》の件、本当にありがとうございました」

「いやいやそんな、お気になさらず」

「一度ははっきりさせねばと思ってきたのです。しょせんは田舎者の戯《ざ》れ言《ごと》と流されたと思っておりましたが、やはりカイゼルの魔術学院《アカデミカ》は違いました。こんなに立派な学者の先生がいらっしゃるとは」

シモンズはテーブルの席につくなり礼を言った。

あたたかくしつらえられた邸宅《ていたく》の居間には、季節の花が飾られ、脇では美しい奥様とメイドが、「お茶とケーキのおかわりはいかが？」とばかりに控えている。

調査目的の学生の身でがっつくわけにも行かず、ジノたちはミルトンの隣で神妙にしていることしかできない。

ミルトンはとにかく上機嫌だ。

「なんとも照れますなあ、そう持ち上げられますと。僕ぁそんなたいそうな人間じゃありませんよ」

「またご謙遜《けんそん》を」

いやいやシモンズさん。この人、本当に大した人間じゃないんですよ。学院の教授会でむりやり押しつけられた調査仕事なんですよと、教えてあげたらどうなるだろう。

アディはアディで、メモ帳と筆記用具片手に、筆記者に徹するつもりのようだ。

「一応、誤解のないよう申し上げておきますがねえ。僕ぁ竜を専門に研究している人間ではないんですよ。呪術やまじないについてかじっているだけで、竜に関してはあなたの半分も知識がないかもしれない」

「それは存じております。ですが」

「乙種の魔術と切っても切れない竜ってモノに興味があってやってきましたが、そのぶん調査に関しては真っ白の態度であたらせてもらいますよ。いるともいないとも、今はなんとも言い切れない」

言いつのろうとしていたシモンズだが、ミルトンの言葉を聞いた瞬間、ほっとしたようにいかつい頬をゆるめた。

「——ええ、そうです。そう言っていただければありがたい。いるのかいないのかわからない。今はそれでけっこうです。いる証拠はきちんとあるのです。見ていただければすぐにわかる」

「どのようなものですかね」

「ご覧になられますか。では」

氏の奥方が持ってきた封筒から、写真を数枚取り出し、テーブルに並べる。ミルトンは下がる眼鏡《めがね》を押し上げ、写真に顔を近づける。

湖の水面を、望遠で撮影したもののようだ。ややピントは外れているが、魚や動物にしては異様なフォルムの生き物が顔を出している。

「最近、エルト湖で撮影されたものです。角度が違うものもありますよ」

「ほほう、これは――」

「タストニロファウエスのメス――ですね。竜脚亜目で水陸両棲《りょうせい》の首長竜。頭でこの大きさなら全長で四十五フィートってとこじゃないですか」

ミルトンとシモンズが、なぜかあっけにとられた顔でこちらを見た。

「詳《くわ》しいね君」

「普通じゃないですか？」

一応、鞄《かばん》の中に竜の図鑑を入れたままだ。持ってくればもうちょっといける。十年選手なので。

「は――いやはや、すばらしい！　さすがはカイゼル魔術学院《アカデミカ》の学生さんだ！　これだけでそこまでわかるとは！」

シモンズは感激しきりで破顔《はがん》した。これはこれでまた照れる。

「や。やあ。べつにそんな。僕の場合は、単に趣味みたいなものですから。好きこそナントヤラっていうか――」

「……純然たる竜オタク」

ぼそっとアディが呟いた。

「君にだけは言われたくないんだけどね！」

「まあまあまあ、おさえてラティシュ君」

「まったくね、ふだんどんだけマニアックな発言してると思ってんだよ。見たままを言っただけじゃないか」

「王国暦二七八年、パーン湖で目撃された首長竜『パリー』、二九六年、アンガスの登山隊が目撃した古代象『イエルク』、三〇六年、ゲストガの海水湖で目撃された『シズサウルスの親子』、すべて後の検証で合成写真だと判明したわ」

アディはそこまで言ってから、メモ帳から視線を外した。

メモの方には、事前に調べたらしい資料が、びっちりと書き付けてあった。

「この写真がそうじゃない証拠はどこにあるの？」

――ああそうだ。忘れていた。ここにいる彼女は、竜などもういないと、はっきり断言していたのである。

冷めたまなざしは揺らぐことなく、ふてぶてしいほど堂々としている。

やるのか。やる気なのか。

ジノとアディの間で、見えない火花が静かに散った。

「……頭っから疑ってかかるのもどーかと思うけどね」

「ジノ君は信じすぎ」

「なんだって？」

「趣味と調査の区別がついてない」

びきい。こめかみがさらにひきつる。

しかし、そこでそれ以上の修羅場《しゅらば》――いいや論争にならなかったのは、シモンズのおかげだった。

彼はインチキ呼ばわりされても、まだ余裕たっぷり冷静だった。大きな体格にふさわしい包容力を見せつけるかのように、「そうでしょうとも」とうなずいた。

「確かに、グスタフさんのおっしゃることもわかります。写真だけでは証拠として弱い」

「実際にこの目で見ることはできますか？」

「ええ――できますよ、お嬢さん」

アディがかすかに、目を見開いた。ジノはもっと露骨に口を開けて、椅子から腰を浮かせてしまった。

「それ、本当ですか？」

「今の巫女は優秀です。日没まで待っていただければ、きっとご覧になることができますよ」

――さあさあ。盛り上がってきましたよ。

シモンズの話によれば、エルト湖には竜をまつる神殿があり、そこに住み込む巫女が一番竜に精通しているという。

ジノたちは、彼の薦《すす》めに従い、村を抜けてエルト湖の湖岸へと移動した。

湖はかなり大きかった。ジノたちが一瞥しただけでは、全体を把握《はあく》するのも難しそうだ。しかしそこは『巫女様』のお力にお任せしていればという話らしい。

問題の巫女が詰めているという神殿は、見晴らしのいい山の斜面に建っていた。古風な白亜の建物が、湖に向き合う形で建っている。

そして同じ斜面の下の方では、かなり大きな洞穴《どうくつ》が口を開けていた。

「あの穴は……」

「エルーンの巣だと言われていますね」

「ほ、本物ですか!?」

「言い伝えです。私は見たことはありませんが」

あの洞穴の中で竜が卵をあたため、その上に巫女と神殿を置いて、鎮《しず》めの場としてきたのだという。

「はー」

「当代の巫女はネリンと言います。先代以上に竜と通じる力が強いのですよ。おかげでエルーンが水面近くまで出てくるようになった」

ジノたちの周りには、他にも数組の見物客がいた。彼らは彼らで、湖や大穴をカメラに収めて過ごしている。

そうやってシモンズの説明を聞くかたわらで、ミルトンたちは自分の興味を満たすことに余念がなかった。ぼそぼそと乙種魔術関係の専門語りをしている。

「神殿の型自体はファンチェの様式に近いかね——」

「そうですね。屋根の特徴があちらの祠《ほこら》と似ていると思います」

「どれ。一応、記録で残しておこうか、グスタフ君」

「わかりました。ジノ君！」

ぱちんと指を弾く。

ひとまず方針が決まると、なぜかジノの出番になる。

「なんなのいったい」

「資料写真。カメラ使えるわよね」

「そりゃまあ」

実際に言われた通りに歩き回って撮影するのは、こちらの役目なのだ。

「ジノ君ジノ君、こっちの角度からも何枚かよろしくね」

「はいはいはい」

汚れが付くことをまったく考慮に入れない、お嬢様ワンピース姿のアディに指図されるのは腹がたつが。

「もうちょっと低い位置から全体入れて」

「ああはいはいはい」

今はまだいい。がまんができる。

「……ジノ君、顔が気持ち悪いわ」

「なんとでも言いなよ」

もうすぐだ。もうすぐこの目で、タストニロファウエスが見られるかもしれないのだ。にやけもするだろう。

「ねえ部長、もし本当に竜がいたらどうする？　何か賭《か》けようか」

「調査で遊びをするつもりはないわ」

「ちぇ」

わかっていたが、つまらない回答である。シャッターを切りながら本音も漏れる。

「……ほんとは負けるのが怖いからだったりしてね」

「ジノ君、次は穴の大きさの測定」

「わかってるって！」

声を荒げた瞬間、風に乗って音楽が鳴った。

それは笛の音に聞こえた。日没直後の、ラベンダー色に染まる空気の間を、飛ぶように伸びていくもの悲しい旋律。

「ジノ君」

カメラを抱えたままの肩を、アディが叩《たた》いた。珍《めずら》しくうわずった声だった。

「あそこ、見て」

「へ？　どこ？」

ようやく言われた方向へ、カメラを反転させる。湖の中央寄りに、巨大な影が、ぬらぬらと揺れてうかび上がっていた。

(お)

影は西から東へ、確かに水中を移動しているようだ。どう見ても魚の大きさではない。あんな魚がいてたまるか。ジノはもう、カメラ片手に腹の底から絶叫《ぜっきょう》していた。

「うわあああああああああああああああ！」

その瞬間、黒い生き物が水しぶきをあげ、水底へと沈んでいった。水面には、再び静《せい》寂《じゃく》が訪れる。

時間にしてみれば、ほんの一瞬のことだったろう。でも今のは。今のは確かに――。

「――誰？　いま大声を出したのは」

ジノが見上げれば、斜面に建つ神殿の、柱の陰に人がいた。

年の頃はジノたちと同じか、少し下の少女だ。裾の長い古風な装束に時代がかった建物と相まって、そこだけ時の流れが違っているように見えた。

「ネリン様！」

「巫女様だぞ！」

シモンズを含めた参拝者が、いっせいにその場で頭を下げた。

「エルーンがおびえているわ」

そのもの悲しげなまなざしに、ジノもまた胸を打たれ、しばらくその場に立ちつくしたのである。


後で知る。彼女の名はネリン・フィールズ。ここ百年で一番と評判の巫女で、第一〇七代『竜の愛でし児』であると教えてもらった。

「まっさかほんとにタストニロファウエスに会えるなんてね！」

村の宿に戻ってからも、ジノの興奮は冷めなかった。あてがわれたツインルームのベッドに腰掛け、夕方に見た光景を思い返す。

神殿の中で出会ったネリンは、魂《たましい》の半分を天上に渡してしまったように口数の少ない少女だった。日の大半をあの場所で過ごし、エルーンを慰《なぐさ》めて過ごしているのだという。

「発見だよな。大発見だよな。タストニロファウエス……いやいやエルーンって言うんだっけ。ここの言い方だと」

「まだ決まったわけじゃないわよ、ジノ君」

興奮に水を差したのは、アディの声である。しかしジノは、彼女の姿を見た瞬間、別の意味で頭に血が上りそうになった。

備え付けのバスルームから出てきたアディは、大きめのTシャツ一枚しか着ていなかった。

まだ濡《ぬ》れた髪をタオルで拭きつつ、固まるジノの目の前を素通りし、窓際のベッドに腰掛ける。

「パ、パジャマとか持ってないの……？」

「ジノ君、お家でパジャマ派？」

「いや全然。適当に部屋着とか」

「奇遇ね。私もなの」

それで話はすんだとばかりに、ごしごしとタオルドライを続けている。その襟《えり》ぐりから覗く鎖骨《さこつ》の露出具合についても突っ込みたいが、それもまたできない。

制服でもさんざん細いと思っていた足は、湯上がりでほんのり薔薇色《ばらいろ》に染まり、それは剥き出しの太ももにまで続いていて、もっとがんばれば奥まで見えるんじゃないか、いやいや止《や》めろ止めておけという雰囲気《ふんいき》で。

無防備にもほどがあると思うのだ。

「ジノ君も早くシャワー浴びた方がいいわよ。ここ、十時過ぎるとお湯出なくなるらしいの」

「わ、わかってるよ……っ」

ほとんど逃げるようにシャワー室に飛び込む。こもった湿気がジノを襲う。アディが忘れたらしいヘアゴムが、洗面台の上に置いてあった。ダメージさらに追加。

できるだけ見ないようにしながら、自前の服を脱いで頭からシャワーの湯をかぶる。

(いくら習慣だからってね、一応男がいる前でやり通すか……!?)

水音が暴走する思考をいくらか妨げてくれる気がする。

「深く考えるな深く考えるな深く考えるな深く考えるな深く考えるな……」

千回ぐらい呟いて、ぐらぐらにのぼせあがった体。いい加減命の危機だろと思ったあたりでシャワールームを出た。

「あのね部長、やっぱり親しき仲にも礼儀《れいぎ》ってもんが……っ!」

部屋の中は真っ暗。

すでにアディリシア部長様は、ベッドにもぐって寝息をたてているようだった。ぴすぴすという音だけが聞こえてくる。

「……はや」

ジノは激しく脱力した。

その場に座りこんでいると、向かいのドアが開く気配がした。

こちらが顔だけ出すと、ミルトンが廊下を歩いていくところだった。

ジノの姿に気づいた彼は、「どうだい君も」と一杯引っかけるジェスチャーをしてみせる。酒を飲みに行くようだ。

「いえ、エンリョしときます……」

「そうかい。ま、楽しくね」

鼻歌と一緒に消えていく。ギャグどころか音程までヘタクソだ。

そしてアディはと言えば。

「ジノ君……ゾウと遊ぶなら右よ……」

どういう寝言なんだ部長様。

こんな状況で、何を楽しくしろと言うのだろう。

とにかくジノは、自分の寝床に向かうことにした。そして暗闇《くらやみ》の中で二度ほど足をぶつけて、その場で悶絶《もんぜつ》するはめになった。

「………っ！」

どこまでも前途多難なのである。

＊＊＊

しかし。はじめはぼちぼちなどと言っていたくせに、にわかに忙しくなってしまったのは本当だ。

巫女のネリンが竜を呼ぶのを肉眼で見た翌日から、ミルトンは学院への報告書を作るため、宿のタイプライターを借りて打ちはじめた。ジノたちは写真や資料をそろえるために奔走《ほんそう》する役だ。

村唯一《ゆいいつ》の雑貨店で、現像してもらった写真を受け取る。

「ありがとうございましたー」

手には分厚く膨《ふく》らんだ封筒。後は真《ま》っ直《す》ぐ宿まで戻るだけだったが、待ちきれずに立ち止まり、封筒の中を開けてしまう。

何が写っているのか、やはり気になって仕方がなかったのだ。

「さーどーれどれ……なんだよこのハダカ踊りは。教授会の飲み会？　こんなの同じフィルムで撮るなよ――」

ぼやきながら一枚一枚確認していくと、ようやくエルト村に入ってからの写真が出てきた。

湖の遠景。竜を見に来た参拝客。高台の斜面に建つ神殿。竜の巣穴と呼ばれる洞。

そして、水面に浮かび上がる巨大な影――。

（竜）

動揺《どうよう》しすぎてろくにピントもあっていないが、やはり何枚かは撮れていたようだ。ジノは往来にもかかわらず拳《こぶし》を握る。

「……いよっ、しゃあ！」

これが本当に竜のタストニロファウエスかは、この先の調査でわかるに違いない。場合によっては本格的な調査団も来るだろう。いや来る。ぜったい来る。もしかしたら、化石では見つかっていない新種の竜かもしれない。

「くくく。おもしろくなってきたぞー」

そのまま宿まで突っ走り、たどりつくのは、ミルトン教官が根城にしているシングルルーム。ジノはドアをノックしようとしたが、ふと止まった。

「——本当にだめなんですか？」

中からアディの声が聞こえた。ミルトンと話しているようだ。

思わずためらってしまったのは、アディの声が、ひどくせっぱ詰まっているように聞こえたからだ。

「確かに私は、先生の教え子で一介《いっかい》の学生ですけど、いい加減な気持ちで言っていると は思わないでください」

「もちろんだ。君が真面目な生徒なことはよくわかってるさ」

「わたし個人の願いだったら聞いてくださるんですか？　別れた奥様のことを気にされているんでしたら」

「本当に真面目で有望だ。こんなしょぼくれた人間にかかわって人生を棒に振ることはないよ」

「先生はしょぼくれてなんかいません！」

――いやこれ、無理じゃね？　いまここに入っていったら、大ヒンシュクってやつじゃね？

「私、このフィールドワークはチャンスだと思っています。覚悟していてください――」

ジノは、何も言わずに後退する道を選んだ。廊下の角まで後退したところで、部屋の中から飛び出してきたらしいアディが、目の前を足早に過ぎていった。

こちらにはまったく目もくれず、つきあたりの階段を駆け下りていった。

十秒ぐらい、その場に固まってしまったかもしれない。

あらためてジノは、ミルトンの部屋のドアをノックしに行った。

「おお、ラティシュ君かい」

ミルトンは窓際のテーブルで、タイプライターを前にしていた。

こわばった体をほぐすように、ゆっくりと首を回している。今にもあくびが出てきそうな雰囲気で、とても直前まで痴話《ちわ》ゲンカ（？）をしていたようには見えない。

「あの。写真、現像したのを、受け取ってきました……」

「そうかそうか。ありがとう。見せてくれるかね」

言われるまま、封筒を渡す。ミルトンはその場で封を開け、中を確認しはじめた。

他にすることもなく、ジノは長椅子に腰掛ける。

本当は聞きたいことや言いたいことが、山のようにあふれかえっていた。でもできない。

(――あの人、まさか本気であなたに言い寄ってるんですか？)

(――ていうかあなたはアディのことどう思ってるんですかね)

(――ねえねえどうなってんですかいったい⁉)

どうなってんですかどうなってんですかどうなってんですかと。

「ラティシュ君」

「はいなんですか⁉」

ジノが思っていた以上にケンカ腰の声が出て、ミルトンを固まらせてしまった。しまったと口をつぐむが、もう遅い。

「……その。撮っておいてほしい写真が、もう何点かできたんだが……」

「は、はい。写真ですねどこを撮りましょうか」

「湖をもう少し全体から写したものと、村の信仰がわかるような――」

「はいはい、全体と村ですね――」

「苦労かけるね――」

「とんでもないです――」

お互い、妙におとなしい調子で話し合う。最後はぺこぺこと頭を下げ合いながら、機材のカメラを受け取って部屋を出た。

言いたいことは、けっきょく何ひとつ口にできないままだった。

村の中を回る。一枚、二枚、三枚とシャッターを切る。

エルーンをモチーフにした雑貨屋の看板を撮り終えた後、ジノはまた歩き出した。


空は西からあかね色に染まり、夕日が目抜き通りの建物を照らしているが、ジノの心はぼんやりと曇《くも》り空《ぞら》のままだ。

(なんか僕って、馬鹿《ばか》みたいじゃないか?)

つくづく思う。いくら調査だ竜だ新発見だと浮かれてみても、残りの二人はどうだ。そんなことはおかまいなしに、個人的な事情を炸裂《さくれつ》させているのである。

カメラ片手に村の中をそぞろ歩いているうちに、宿で別れたはずのミルトン教官を見かけた。

よりにもよって、おっさんは女性《オンナ》連れだった。

(はあああああ?)

あの目立つ髪型の銀髪と、奇抜なドレスやそれを着こなすボディラインは、宿のラウンジにいたフレイに違いない。教官のエスコートのもと、仲むつまじくパブらしい店に入っていく。

もう訳《わけ》がわからなかった。

ジノが知らないうちに、この世のイケメンの定義が変わったのだろうか。これからの流行はちょいショボオヤジか？　わーい希望が持てるなあ。

呆然《ぼうぜん》としながらエルト湖までたどりつくが、そこまでだ。撮るべき神殿がある方向とは逆方向に歩けば歩くほど、人の数は減り、岸辺の道は荒れていったが、引き返す気にはなれなかった。むしろ静けさがありがたかった。

「つーかさ。部長も部長だよ！　教師として尊敬してるとか言ってたのは誰だよ！　けっきょくそっちに行くのかよ！　この裏切り者！　ヘンタイの枯れ専！」

おたんこなーす。

対岸から流れてきたらしい空き缶が、足もとの波打ち際に落ちていた。ジノは思いっきり蹴《け》り飛《と》ばした。

かこーん。

錆《さ》びた空き缶は、綺麗な放物線を描いて茂《しげ》みの先へと飛んでいった。直後、

「うきゃっ」

猫のような悲鳴が響く。

（うきゃ？）

ジノは嫌な予感がして、確かめに走った。

茂みをかきわけると、ちょうど見知らぬ女の子が、おたおたと立ち上がっているところだった。

「あの、待って、逃げないで！　当たったんだよね空き缶！」

女の子は両手で額《ひたい》をおさえたまま、びくりと肩を震わせ振り返る。ほんのおさえた額の下に、こちらをうかがうような、小動物めいた丸い瞳があった。ほんのり目尻《めじり》が、涙で光っていた。

だがジノが何より驚いたのは、その服装だ。

ネリン・フィールズ。神殿のバルコニーで見た、あの巫女様だったのである。

「――ごめんなさい。ほんっとーにごめんなさい。すみません！」

草混じりの砂地の上で、ジノは何度目かの土下座《どげざ》をした。

「いいよ、べつに。わざとじゃ、なかったんでしょう」

「重ねてすみません！」

ジノが蹴り上げた空き缶は、あろうことか目の前に座っている彼女の額を直撃したらしい。

「一人で、ぼうっとしてたんだから、自業自得」

今は前髪で隠しているが、けっこう痛かったのではないだろうか。はにかみ微笑《ほほえ》んでくれるぶん、ジノの胸は痛むのである。

前に神殿の中で会った時は、ずいぶんと神々しい人だと思っていた。村長のシモンズに説明を任せて、ほとんど喋らなかったせいもあるし、笛で竜を呼び寄せる手腕に度肝を抜かれたせいもある。

しかし目の前にいるネリンは、むしろ素朴《そぼく》で親しみやすい空気がある。

出会い頭の空き缶事件のせいだろうか。場所が違うからだろうか。

たった一人、まるで隠れん坊でもしていたかのように岸辺でじっとしていた彼女。

「あなたは都の学者さん……なんだよね？」

「いっ、いや。僕はただの助手で学生だよ」

「そうなんだ。でも、やっぱりすごいな。私は、ここしか知らないもの」

静かな声で、とつとつと話した。発音にはほんの少しなまりがあるかもしれない。こちらと目が合えば、ためらいがちにそっと笑った。

「ねえ。ラティシュ君……でいいんだよね」

「なになに？」

「学校では、どんなことをしているの？」

「えっと――メインは甲種魔術の勉強。コードの書き方を習ったり、実地で訓練してみたり」

「魔法が使えるの？　何か使ってみせてくれる？」

「無理だよ。杖《つえ》がないと何もできない」

「そうなの？」

「君のようにはいかないよ」

難しいことを抜きにすれば、そんな彼女の反応は好ましく思えたのだ。

「わたし？　わたしだって……ほんとはたいしたことない」

「またまた。ちゃんと見たよ」

思わず突っ込みを入れてしまい、ジノは軽くあせった。さすがに今のは馴《な》れ馴《な》れしすぎたかもしれない。

「次はさ、もっと近くで見せてよ。タストニロファウエス」

「？　タスと……？」

「竜だよ竜。竜にもいろいろいるんだ。ここにいるエルーンはたぶんそれに近いんじゃないかって」

「へえ。そうなんだ……ほんとに詳しいんだね、ラティシュ君は」

ネリンが話しやすいのがまずいのだ。とっちらかったこちらの話を真面目に聞いてくれる上、素直なリアクションを返してくれる。だからついついジノも、余計な話に力を入れてしまう。

「――でさ、うちのミルトン先生は、すごいしょぼくれたおっさん――じゃなくて乙種魔術の専任教官なんだ。学院でもほとんどいなくてレアなんだよ！」

「へえ、すごいね」

「すごいよ。意外にもてるしね！」

ネリンがきょとんと目を丸くする。「意外すぎるよね」と語るジノの口許は、少しひきっていたかもしれない。

「うん。だからさ、安心して。君が竜を呼び出すところもみんな記録して、学院に報告するから。そしたらもっとちゃんとした調査団の人たちが来てくれるだろうしさ。もう部長とかにもインチキなんて言わせないし」

淡く微笑む姿は、湖畔に咲く野菊《のぎく》のようだった。

そのまま彼女は、あたりを見回しはじめる。

「どうしたの？」

「あ、ごめんなさい。いまって、何時ぐらいかな。私、そろそろ戻らないといけないかも……」

「え、うわ、こっちこそごめん！　引き留めすぎちゃった⁉」

「うん。なんかいっぱい聞いて楽しくて、時間忘れちゃったかも」

ありがたいことを言ってくれるのである。

「あとね、ラティシュ君。ちょっとお願いがあるの」

「なっ、なんでしょうなんなりと！」

勢いの良さにネリンは押されつつも、小さな声で続けた。

「こうやって抜けだしてるの、タグ——シモンズ村長には言わないでくれる？　内緒にしてほしいの。今まで、誰にも言ったことないの」

ジノはもちろん、承知した。

ネリンはほっとしたように息をつき、礼の言葉とともに立ち上がった。長い巫女装束の裾をひるがえして走っていった。おっとりとした走り方が、いかにも彼女らしくて、転びそうになったのもご愛敬で――つい頰がゆるんでしまうのだ。

（かっわいい子だなあ）

偉《えら》い巫女様のはずなのに、巨大なエルーンも笛一つで自由にできるはずなのに。偉ぶらないしとても素直だ。

そして『意外にもてる』ミルトン教官は、夕食の時間ぎりぎりに戻ってきた。

アディリシアもまた、何事もなかったように宿の部屋に戻っていた。

「ジノ君、遅かったのね。早く行きましょう」

彼女は、ノートにまとめていた何某《なにがし》かのレポートを閉じると、そのままジノと一緒に部屋を出た。

夕食は、宿の隣に併設されたレストランでとることになっていた。

本日のメインは近くの川で捕れたマスのソテーだった。ここに来るまでどれだけ飲んできたのか知らないが、ミルトンはワインで早々にできあがりかけ、そんな彼とアディの会話が続いている。

「例の神殿の巫女さんだけどねえ――」

食べることに集中していたジノだが、ネリンの話題には反応してしまった。思わず耳をそばだててしまう。

「あれ、なかなかおもしろいシステムで育成されてるみたいだね」

「システム、ですか？」

「うん。小耳に挟んだ話なんだがね。ここの巫女は世襲はいっさいなしで、一代限りの実力勝負なんだそうだ。前の巫女が引退する時に、近隣中の生娘《きむすめ》を集めて才能を見極めて、それで選ばれた乙女が次の巫女になる。巫女はそれまでのいっさいの生活を捨てて、巫女として神殿に暮らす生活を受け入れる。村人は巫女に仕え敬う」

「血筋は関係ないんですね」

「そうらしいよ。近い例だとなんだろうね……うーん」

「魔女の弟子《でし》入りに近い感じでしょうか」

「ああ、なるほど。魔女ね。鋭いよ君」

アディは「光栄です」と淡く笑む。

「今の巫女さんは、選考の時に自力でエルーンを呼んで、全会一致ってやつだったらしい」

「娘を竜の巫女にすることを、拒否する親はいないんでしょうか？　大きく生活が変わるわけですよね」

「いや。拒否どころか名誉らしいからね。待遇としては貴族もかくやの賓客扱《ひんきゃくあつか》いだ。むしろね、今の巫女は身よりがなかったそうだから、抜擢《ばってき》には一悶着《ひともんちゃく》あったたって話だよ。村長のシモンズさんが、特別に身元引受人になったたって――」

レポートの中身について話し合うように、巫女の話をしている二人だが、ジノはどうにも居心地《いごこち》が悪くて仕方なかった。

先程話した、ネリンの顔や声が浮かんでしまう。知り合いの噂話《うわさばなし》を聞いている気になってしまうのだ。

（身より、ないんだ）

でもそんなこと、ここで聞きたくはなかった――。

「先生。でも私、少し納得しました」

アディがナイフを置き、ナプキンで口許《くちもと》をぬぐった。

「あの巫女をしてた人……ネリン・フィールズさんでしたっけ。衣装と口数を控えてごまかしてたみたいですけど、ちょっと居心地悪そうでしたもの」

「ほほう？」

「人にかしずかれることに慣れてないっていうか、その逆の方が板についてた感じで」

「グスタフ」

ジノは思わず咎めていた。

「そういうのは、やめようよ」

「ジノ君……？」

「他の人がいるんだしさ」

実際、通りすがりのウエイトレスやウエイターが、ジノたちのことを注目している感じなのだ。アディが目を向けると、彼らは何事もなかったように歩きはじめた。

アディは目をしばたかせ、「そうね」と呟いた。

「――よーしじゃあ、いっちょ楽しい話でもしようかね！」

「先生、タグン族の内臓占いの考察はどうでしょう」

楽しいんだ、それ。

またも入れない話題に、ジノは料理をたいらげる作業に戻るしかなかった。

＊＊＊

起きるのは、必ず朝の四時前後。

まだお日様も出ない暗がりの中で目を覚まして、今まで見ていた夢が、本当にただの夢だったことにがっかりするのだ。

お腹いっぱいの食事も、あたたかい寝床も、全部みんな夢だったと。

「ネリン、おはよう。顔洗っちゃいな」

先に身支度《みじたく》をはじめたマノンが、ベッドの上のネリンに声をかける。

彼女が着ているのは、黒の制服に白いエプロン。お仕着せのメイド服。夢の中にもマノンはいたけれど、現実はもっと厳しい。

二人にあてがわれた使用人部屋は、日がほとんど入らず、この時期は本当に辛い。

脚の傾《かたむ》いたチェストの上に置いた洗顔用の水は、部屋の中だというのに寒さに凍り付き、マノンが割《わ》り砕《くだ》いた跡が残っていた。こちらもあかぎれの浮いた手で、猫のように手早く顔を洗う。吹き付ける息は、ただただ、白い。

眠い目をこすりながら台所に行くと、メイド頭《がしら》がお湯を沸《わ》かして待っている。でもこれも、ネリンたちのものではない。

お屋敷のご家族が顔を洗うためのお湯だ。

「早くするんだよ」

汗をかきながらブリキの水差しに移して、重さに歯を食いしばりながら部屋を回っていく。それが朝一番の力仕事。

このお屋敷で一番偉いのは『旦那《だんな》様』。次が『奥様』。その次が『お嬢様』。

でもネリンが一番憂鬱《ゆううつ》なのは、一番下の『お嬢様』のお世話をする時だ。

彼女は屋敷で一番に日当たりのいい部屋にいて、上等の寝間着姿で鏡台の前に座っている。

その後ろ姿はいつ見てもとても綺麗で、できればずっと見ているだけでいたかった。

「お湯を、お持ちしました」

「そう」

ネリンは決して目は合わさず、ホウロウの洗面器に湯をそそぎ、立ち去ろうとした。

「ちょっと」

ドアを締める直前。もう少しで声が出そうになった。

「なにこれ、ぬるすぎよ。こんなの使ったら風邪《かぜ》を引くわ。早く取り替えて」

目の前まで呼びつけられたとたん、頭から湯をかけられた。

「あ……」

「どうしたの？　早くして」

優雅に微笑むお嬢様。虫をいじって遊ぶ子供のように無垢《むく》な顔。

ネリンはもちろん謝った。他に方法を知らなかったから。そのまま空《から》の水差しを持って部屋を出た。

「ちょっとネリンっ、あなたどうしたのその格好！」

ずぶ濡れで廊下を歩くネリンを見て、マノンが駆け寄ってきた。

「マノン……」

ネリンは、かろうじて笑った。

「また叱《しか》られちゃった」

「叱られたって……」

熱かったお湯も、空気にさらされてどんどん冷えてくる。冷たい水が布地と一緒に張り付いて、寒気がこみあげてくる。ついでに、涙も。

「……なんでこんな目に、あわなきゃいけないの……」

うつむくマノンが、ぽつりと呟くのが聞こえた。

「ねえ、ネリン。私ね、考えたことがあるの」

「……なに？」

「もし、私たちが、ここから抜けだすとするなら、あの人に――」

「ちょっとお、まだ来ないの⁉　早くしてよ」

「はい、ただいま！」

お嬢様の声に反応したのは、マノンの方だった。ネリンの手から、空の水差しを取り上げる。

「ここは私が行くから。あなたは早く着替えてきて」

「あ、ありがとう。マノン」

「負けちゃだめ。ぜったい負けちゃだめだから」

マノンの声があるからがんばれた。一言で言うならそうだった。

わがままなお嬢様。無関心な奥様。その上に立つ強い強い旦那様。歯を食いしばってがまんをしてがまんをしてがまんをして。

ああ――あの日々すらも夢だったのだろうか。

「――それでは巫女姫様は、エルーンの声が日常的に聞こえるわけですね」

ネリンの目の前で、都の学者が質問をしている。

ここは薄汚い使用人部屋ではなく、湖に開けた巫女の神殿だ。尊い竜の巫女のためにしつらえられた調度は、過度な飾りはないものの、『お嬢様』がいた部屋よりずっと豪華で洗練されている。

ネリンに湯をかけた『お嬢様』は、巫女の側仕えとして控えており、『旦那様』は巫女の後見人として、ネリンのかわりに質問に答えてくれる。

「そうです、ドクター・ミルトン。エルーンの巫女は水の中の声を聞き、交流することができるのです」

「今、どのあたりにいるでしょう」

「そうですね――」

巫女はみだりに自分から話し出してはいけないと教えられている。養父の合図を受け、ネリンはおごそかに口を開く。

「――西です。西南西の深い底で休んでいます」

「なるほどなるほど！　一心同体と言った様子ですね」

学者はネリンが想像していたより軽い感じがした。髪はぼさぼさ、いつも目か口許が笑っている。

しかし、助手の少年の話によれば、彼は都の魔術学院《アカデミカ》でも指折りの学者らしい（しかも意外にもてるという話まで！）。

その助手の少年はと言えば、学者の後ろで荷物持ちをしている。

そわそわと落ち着きなく巫女の居室を見回し、次の瞬間にはネリンに向かって笑いかけようとし、ネリンの方がはらはらしてしまうぐらいだ。こちらは『地』が出ないようかしこまっているだけで精一杯である。

（ごめんね、ラティシュ君。今は無理なの）

話しかけようとしてじりじりしている少年の姿を見ていると、一緒になって笑いたくなるけれど。

それでも少年の隣に、ひどく冷静なまなざしでこちらを見つめる少女もいるので、ネリンはぼろを出さずにすんでいた。

「皆様。そろそろ祈りの刻限ですので――」

側仕えの『お嬢様』が申し出ると、学者は頭をかいた。

「おお、これは長居をいたしましたな。ご協力感謝いたします」

そのまま養父をともなって、ネリンのいる部屋を出ていく。

ネリンは、言った。

「あなたも、いいわ。一人にして」

「……かしこまりました」

『お嬢様』もネリンの視界から消えてくれた。

椅子の上で体勢を崩せたのは、そこからだ。

ネリンは椅子の背もたれに、大きく体を倒した。

「ふふ。あの男の子が気になるの？」

思わず息をのむ。

部屋の中を見回した。人の姿はない。そのはずだ。だが壁際の、衝立《ついたて》の隅あたりから聞こえた気がした。

「……誰？」

「だあめ。隠したってわかるから。見たのよ。私にはみんなわかるの。お見通しなんだから」

「だから誰って聞いているの！」

嘲《あざけ》るような笑い声だけが、いたずらに響く。

ネリンは立ち上がって衝立を引き倒した。けれど誰もいない。

「いい？　約束を忘れないでね、ネリン。私はあなた。あなたは私。あなただけ楽しむなんて許さない。わかってる？　ネリン――」

今度は背後の柱の陰からだった。

ネリンは足早に、バルコニーへ通じる扉を開けた。

湖からの風が、ひゅっと一気に吹き抜ける。誰もいないはずの部屋の中をかき回していく。

もう――声はどこからも聞こえない。

「やめてよ、もう……」

ネリンはそれだけ呟き、その場に座りこんだ。巫女装束の袖口から笛を取り出し、深呼吸をしてから吹きはじめた。

こんな気持ちになるためだけに、巫女になったわけではないのに。

どうかどうか、早く。許されますように。鎮まりますように――。

＊＊＊

夜。

「……あのさ。君は僕にどうしろって言うんだよ」

ジノは苦虫を噛《か》み潰《つぶ》して呟く。

夜中に目を覚ましてみれば、アディがベッドとベッドの間に転がり落ちたまま寝息をたてていた。

現状はサイドテーブルのナイトスタンドだけを点《つ》けている状態だが、もう少しで踏み潰すところだった。

大きめのシャツ一枚という布面積の少ない装備であることには変わりがなく、乱れた裾のあたりを凝視《ぎょうし》するのはきわめて危険である。風邪を引かせないためには、これを起こすか持ち上げるかしてベッドに移動させる必要があるが、どうにも手を出すのはためらわれる乱れっぷりである。どうしてこの体勢で寝ていられるのだろう。

ジノは小一時間考えたあげく、床の上のアディに毛布一枚をかけて証拠《しょうこ》隠滅《いんめつ》を図った。

「……ジノ君、ひどい」

「ひっ」

「ニンジンの方がよく飛ぶわ。ピーマンはやめて」

寝言かよ。

眠気が飛んだジノは、あれこれ考えた末、廊下の向こうのミルトン教官のもとを訪れることにした。

幸い、ミルトンはまだ起きていた。

「おや、ラティシュ君」

「……ちょっといいですか……？　向こうじゃ寝づらいと言いますか……」

「なんだい。ああわかった来たまえ。一緒に飲むかい」

「いえ、それはいーです……」

ミルトンはいつもの気軽さでジノを部屋に招き入れる。本人はまだ上着を脱いだだけの軽装だった。上着はベッドの上に放ってある。

「どこか行ってきたんですか？」

「ん？　まあ、ちょっとね。グスタフ君には内緒だよ」

にやりと笑っている。

またこそこそと美人と逢《あ》い引《び》きだろうか。幸せな人である。

ミルトンがタイプライターのある座席に腰掛けたので、ベッドの方に座らせてもらった。

「口止めするぐらいなら、やらなきゃいいじゃないですか」

「それを言われると頭痛がイタイ、なんて」

ため息が出る。

「先生は、あの人が先生のためにがんばってるのは知ってるんですよね？」

「一応は。ありがたい話だよ」

「……ならあえて無視してるってやつですか。さすがに僕も同情しますよ」

我ながら口調にトゲがあると思ったが、一方的にふられ続けているアディの心情を思えば許される気がした。

ミルトンは眼鏡の奥で、細い目をさらに細める。その手元には、氷の入った琥珀《こはく》のグラスがあった。

「君がどう解釈してるかは聞かないでおくがねえ……僕が彼女の望みをそのまま叶《かな》えるのは難しいよ。彼女が悪いんじゃない。僕がね、僕自身の問題で受け止められないんだよ。一度、かなり痛い目に遭《あ》ってるもんでね」

「痛い目？」

「あの時は、家族までなくすことになるとは思わなかった」

さらりと出てきた返答に、なんと応《こた》えれば良かっただろう。

「そんなの……」

関係ないとは、すぐには言えなかった。

とても理不尽で腹がたっているのに、問いただすことすら許されない。圧倒的な年月の差。隔てるのは経験の差。

「そんなの、い、今の彼女には関係ないじゃないですか。今は、今で……気持ちが一番大切で……」

本当に？　本当にそうなのか？

ミルトンはじっとこちらを見ている。まるで間違った解答をいじり回す生徒を見ているように、あたたかいまなざしだった。

「やっぱり失礼します！」

「ラティシュ君。君ね――」

みなまで聞かずに、ミルトンの個室を出た。

向かいの部屋で待っていたのは、床の上で子犬のように丸くなるアディ。ジノは毛布だけかけ直すと、彼女の脇をすり抜け、自分のベッドで眠った。意地と根性である。

＊＊＊

調査活動は、その後も続いた。

湖で竜の足跡を探して歩き回る一方で、村人の証言も取っていく。

午前中からアディと二人で、地道に村人の話を聞いていく作業が続いた。

湖で魚を捕っている漁師の話も聞いた。彼らによれば、エルーンらしい生き物の姿は、以前からよく目撃されていたらしい。

「オレの爺様《じいさま》に聞いた話だとなあ、エルーンってのは頭にツノが生えた蛇《へび》みたいな奴だったらしいんだが、実際オレが見たのはツノなんてなかったし、噂はあてになんねえもんだよなあ」

「なるほど。伝承ではタストニロファウエスよりリプサウルスに近かったんですね……？」

「は？　なんだって？」

「タストニロファウエスです」

ジノは持ってきた『みんなの竜図鑑』を見せる。

「リプサウルスはこっちです。前脚も後ろ脚も水中生活に適応して、陸には上がれません。こっちより、地上でも生活できるタストニロファウエスの方に近いと」

「あー、たしかにそうだわ。これこれ。そっくりだわ」

漁師のおじさん、魚の内臓をさばいた手で、タストニロファウエスのページをつついてくれる。あ、ちょっとやめてお願い。本に臭いが。

挨拶《あいさつ》をして、小船から離れた。

「……ジノ君、甲種魔術師になるより、マジメに竜の研究でもしたらいいんじゃないの？」

「なんだよそれ。竜の調査に来てるんだろ？　竜のことを調べて何が悪いんだよ」

「悪くはないけど」

「他に何を気にしろって？」

「そうねえ、私なら……」


「——ふう」

宿の近くまで戻って一休みしていたら、村長のシモンズに声をかけられた。

「ラティシュ君。どうですか調子は！」

彼は黒塗《くろぬ》りの車を運転していて、運転席から選挙活動中のように顔を出した。

「あ。こ、こんにちはシモンズさん」

「お一人ですか？」

「いえ、今は部長……グスタフと組んで、村の方からお話を聞いてます。たぶんそのへんにいるはずで——」

ジノは近くにいるはずの、相棒の姿を探した。

幸い彼女の姿は、すぐに見つかった。

彼女は宿の隣のレストランで、年若いウエイトレスをつかまえて話していた。オープンテラスのせいで、二人のやりとりがよくわかる。

「——ちょっともう、しつっこいのよあんた！　これ以上は勘弁《かんべん》してって言ってるでしょう！」

「聞いてるわ。それであともう一つだけ」

「まだあるの？　あんたひとの話聞いてる!?　右から左!?」

「答えて」

「きいいいいい」

「答えて」

ジノは気まずさに冷や汗がこみあげる。

隣にいるシモンズの顔を見る――ことができない！

「……できれば聞き取りなどは、村民に負担をかけない形にしていただけるとありがたいのですが――」

「まったくその通りですね、改善します！」

ジノはダッシュでシモンズのもとを離れ、レストランの中で尋問《じんもん》の鬼《おに》になっているアディを回収。現場を離脱した。

しばらく走って、ようやく息をつく。

「………ひどいわジノ君。病弱な人間にこんな過酷な拷問《ごうもん》を……」

「人聞きの悪いこと言わないでよ。あせったのはこっちだよ」

砂利道に刺さる木製の柵に、どちらからともなくもたれかかる。

「聞くのはいいけどさ、ほどほどにしとかないとまずいよ」

「ええでも、これで聞きたいことはだいぶ聞けたわ」

「ほんとに人の話聞かないね」

アディは、汗の浮かぶ顔で微笑《わら》った。

「あのねジノ君。あのレストランはシモンズ氏の所有で、ウエイトレスの彼女も、ちょっと前までシモンズ氏のお屋敷で働いてたそうよ」

「はい……？」

竜の調査をしていたかと思えば、とんでもないところから球が飛んできた感じだ。

「そうそれでね、エルーンの巫女の彼女。ネリン・フィールズ。彼女も同じシモンズ氏の屋敷でメイドをしていたんですって」

「ネリン、が……？」

「そう。ご両親を亡くされてから、住み込みで長いこと働いてたみたい。双子のお姉さんと二人でだったそうだけど、そのお姉さんは、湖の事故で行方不明《ゆくえふめい》なんですって」

「ち、ちょっと待ってよ。なんでそんなことアディが聞くんだよ――」

「巫女の交代がはじまる直前の話よ。はじめて知ったわ」

それが目の前の調査と、なんの関係があるのだ。さっぱりわからなかった。

「何が目的なんだよ」

「目的って……純粋に気になるから？」

「メイドが巫女になっちゃいけないわけじゃないだろ。身内に不幸があったって関係ないし」

「ないけど」

能力重視の実力主義と、ミルトンも言っていたはずだ。

「そうね。でもなぜかしら。みんなね、彼女の能力は褒《ほ》めるし巫女として扱ってるけど、個人的なことに関しては触れたがらないのよね。どんな風に生きてきて誰と仲良くしてきたのか。むしろ巫女として崇めるかわりに過去は封印って感じもするし……」

アディは眉間に皺をよせたまま、伏し目がちに歩き出す。

彼女はなぜかネリンを気にしているが、人間、触れられたくない事の一つや二つくらいあるだろう。ジノとてネリンと湖で会って、そのことに口をつぐんでいるぐらいなのだから。

(でも仕方ないだろ)

内緒にしてくれと、ネリンの方から頼まれてしまったのだ。破るわけにはいかない。

宿にたどりつくと、二階に向かう。

「ねえジノ君」

「なに」

「匂うわ。強烈な隠し事の匂いよ」

どきりとした。

いきなりアディが、こちらの目を見ての断定である。

「許せないわ」

「だ、だだだ、だから何がっ」

「ミルトン先生よ――またいなくなってるわ」

完全に不意打ちだった。

アディが開けはなったミルトンの個室は、本当にもぬけの殻で、書き途中の報告書だけがテーブルに残されていた。

「先生ったら、気づいてないとでも思ってるのかしら。私たちがこうやってる時に、ちょくちょく単独行動していらっしゃるわよね。でも私たちには一言も教えてくださらないし……なんだか怪しいじゃない。何してると思う？」

今度はそっちかよ。

ネリンを気にしていたかと思えば、ミルトンに焼き餅を焼くことも忘れないらしい。

幅の広さに感心すると同時に、勘弁してくれと思う自分もいた。

「ねえジノ君。こうなったら行動よ。確かめるのに協力してくれる？」

「やだね」

アディが虚《きょ》をつかれたように目を見開いた。

ミルトンの相手が誰かは知っている。彼がアディをどう思っているのかも知っている。

そしてジノは、そのことを知って泣いたり落ち込んだりするアディを見るのはごめんだったのだ。

「──即答なのね。わかったわ」

アディはつまらなそうに呟いて、それきり無理強《むりじ》いするつもりもなさそうだった。一人できびすを返して、階段を降りていく。

ジノも追いかける気にはなれなかったので、しばらく部屋で待つことにした。

それでも誰も戻ってこなかったので、機材のカメラを持って宿を出た。

＊＊＊

「あ、化石だ……」

エルト湖は広い。たまに岸辺の岩などに、貝の化石などが埋まっているのを見つけて、掘り出すのに熱中してみたりする。

ジノはハンマーで採取した岩のかけらを日に透かし、ポケットに入れた。

古い土地なのは確かなのだろう。そして湖には竜が生きている。

タストニロファウエスが水陸両棲だと目されている以上、地上でエサを探す足跡や、糞《フン》などが発見できればいいのだが、まだそれらしきものは見つけられない。

「む。小型肉食竜の牙《きば》（の化石）！」

さらに砂利《じゃり》の間に光るものを見つけ、素早くにじり寄った。だが、牙と思った細長い石は、波に洗われ丸くなったガラス片だった。ふぁっきん。

「ちぇ」

拍子抜《ひょうしぬ》けしたジノは、後ろにそれを放り投げる。

「うきゃっ」

また変な声を聞いた。

ジノはおそるおそる立ち上がり、茂みの間をかきわける。

「……ネリンさん」

「……ラティシュ君」

そこには涙目の巫女さんの姿があった。

今度の彼女は、逃げなかった。


「——休憩中《きゅうけいちゅう》？」

「うん。ちょっとだけね」

「よく見つからないね」

「秘密の道があるの。内緒だけど——」

彼女が座っていた砂地の隣に、ジノも腰をおろした。

なんでも神殿の近くに、竜の巣穴にも通じる洞穴が開いていて、そこから穴づたいに移動しているのだという。湖のあちこちに出没しているのはそのせいらしい。

「……けっこうサバイバルっていうか……お転婆《てんば》だよね」

「お転婆って。田舎の子供なら、これぐらい普通……だと思う」

「普通？」

ジノもそこそこ田舎の地方都市で育ったが、長い巫女服をひきずって洞窟《どうくつ》を移動するような少女はいなかった。からかいがてらにそう言うとネリンは、拗ねたように唇をとがらせた。

「ごめんなさい。昔なんかはもっと泥だらけの傷だらけで遊んでました。マノンと一緒に冒険ごっことかして」

「マノンって……いなくなったお姉さん？」

口にした瞬間、ネリンの横顔から表情が消えた。しまったと思った。

「ご、ごめん！　実は聞いちゃったんだ。事故があったこととか、その……」

「謝らなくても、いいよ。調べてるならわかることだもの」

「そっか……でも、ごめん」

平謝りすると、ネリンはやがて頬をゆるめた。ほんの少しだけれど。

できれば無神経なことはしたくないと思っていたのに、自分が一番にやってしまったのだ。

「マノンはね……私の、一番の家族。お父さんとお母さんがいなくなってからは、たった一人の家族だったの。いつも一緒だったんだけど……」

ネリンは膝《ひざ》を抱えた姿勢で、輝く水面を見つめている。そのまなざしは寂しげで、何かをこらえているようでもあり、嫌でも水の事故を思い出させた。

「本当は私……おかしいって思われるかもしれないけど、マノンがいなくなったなんて思ってないの。あの子がこの湖に落ちてから、私はエルーンの声が聞こえるようになったの。巫女になれたのもあの子のおかげよ。きっと竜と一緒にいるんだわ」

一緒に――。

ネリンが囁《ささや》いた瞬間、大きく水が跳ね上がる音が響いた。

「きゃあ！」

大きな悲鳴とともに、ジノの胸に飛びついてくる。

「……だ、大丈夫だよ、ネリンさん。魚が跳ねただけだよ」

「ほ、本当……？」

受け止めた至近距離で、涙目になっているネリンを見て、思わずどきりとした。目が合って、彼女は真《ま》っ赤《か》になって手を離す。

「ごっ、ごめんなさい。ごめんなさい。ごめんなさい」

こちらの心臓までばくばくであった。いかん。これはちょっと血圧が上がる。可愛すぎではないだろうか。

「あの。甘いの食べる？　落ち着くよ」

自分の心も落ち着けようと探ったポケットに、キャラメルがまだ残っていた。試《ため》しに一粒差し出すと、ネリンはまたもや涙目になってしまった。

「えっと、えええええ、きっ、嫌いだったかなこういうの」

「ちがうの」

ネリンはうつむきながら首を横に振る。

「…………キ、キャラメルなんて食べるの、ほんと、ひさしぶりだから……」

なんてこった。嬉し泣きのようである。

「大事に食べるね」

「しかもしまうんだ！」

感極まりながら袖口にキャラメルをしまっている。

「まだ半分あるけど全部持ってく？」

「いい。そんな、無理」

ネリンはとんでもないとばかりに首を振る。

まさかそこまで感動されるとは思わなかった。

「ほんとにありがとう、ラティシュ君」

「あのさ、ネリンさん。もしまた抜けられるなら――夜とか大丈夫？」

そろそろ帰ろうと腰を浮かせはじめたネリンに、ジノは思い切って聞いた。

「先生の用事が終わってからなら、もうちょっとゆっくり話したりできると思うんだ。どう？」

ネリンは驚いたように目を丸くしていた。だが、すぐにはにかみ頷いた。頷いてくれたのだ。

そうして巫女装束の裾をひるがえし、小走りに茂みの向こうへ走っていく。

——ほんっーとにかわいい子だなあ。

素直で素朴で優しくて。おまけにけなげだ。現代のレア度で言うなら、竜より希少価値が高いのではないだろうか。

ジノは感動しながら立ち上がり、やって来た道を引き返す。

だが、途中で足が止まった。息も止まった。もうちょっとで心臓まで止まりそうだった。

なぜならそう——。

「ぶ」

「こんにちは、ジノ君。ごきげんはいかが？」

「部長——」

アディリシア・グスタフ、乙研部長様のおなりだった。

林道の真ん中に立つ少女は、凍《い》てつく吹雪《ふぶき》のように冷めたまなざしで、こちらを見つめていた。

「こっち、来てたんだ――」

喉が渇く。対照的に手のひらは汗が浮かぶ。

自分でもよくわからない。なぜこんなに焦《あせ》らなければならないのだろう。別におかしなことをしているわけでもないのに。

とにかくアディの目が怖すぎるのだ。

「今の人、ネリン・フィールズよね」

「そ、そうだね」

「神殿にいる時間なんじゃないの？」

「そうらしいけど。なんかさ、たまに抜けてるみたいなんだよ。息抜きなんじゃないかな」

「息抜き、ね。なるほどだわ」

微笑の温度の冷たさときたら。

「周りがよってたかって竜の愛でし児とか言って売り込んでるわりに、本人が一番ボロを出さない努力をしてないってことね。あれじゃそこいらの女の子と変わらないもの」

「あのさ、何をそこまでつっかかるわけ？　ちょっと変だよ。巫女が普通だったり休んじゃいけない決まりもないだろ」

露骨に険のある言い方は、自分でもぎょっとするほどだった。

「つっかかる？　ええ、そうでしょうね。だって私、とっても怒っているもの。ジノ君は私の調査にはつきあってくれないくせに、こんなところで油を売る時間はあるんでしょ？」

「は？　なんだよそれ」

意味がわからなかった。

「だいたい君の言う調査って、ようはミルトン先生を追っかけるだけだろ？」

「大事なことよ。ここでがんばらないと――」

「僕にとってはそっちの方が無駄《むだ》だよ。ネリンと話してた方がいい！」

勢いで口にしていた。

遅れてジノは、はっと口をつぐむ。いま、本当に言ったか？　言ってしまったか？

（いや、言った）

アディの表情。それでわかった。そして、もう後戻りができないことも同じぐらいに痛感した。

ジノは、彼女の脇をすり抜け歩き出す。

やってしまった言ってしまった。でも、今のは嘘だと後戻りする気にもなれなかった。そういうことだったのだ。

＊＊＊

ネリン・フィールズとは、それからもいろいろな話をした。カイゼルのこと。学校のこと。生まれ故郷や家族のこと。夜や昼間の空いた時間を利用して。

竜のことも話した。

そして、ジノが学院で学んでいる魔術のことも。

「わあ」

「あんまり手入れしてないから恥ずかしいんだけどね」

砂地の上に置いたランタンが、夜でも二人の手元を照らし出す。ジノが展開杖のカバーを外し、取り出してみせると、ネリンは歓声をあげた。

甲種魔術がどんなものか、目で見てもらうのが一番だと思ったのだ。気恥ずかしさに説明を加えるが、彼女の目は輝いたままだ。

「そこから魔法が出るの？」

「違うよ。杖は発動のきっかけを作るだけ。奇跡を起こすためのエーテルは地面に貯蔵されてるからさ。ちょっと離れてくれる？」

ネリンは真剣な顔でうなずき、茂みの向こうまで飛《と》び退《の》いた。

「いや……そこまで離れなくてもいいよ……」

「そ、そう？」

そんな大それたコードを考えてきたわけではないのである。

ジノは軽く咳払《せきばら》いをし、あらためて前夜に考えたエーテルコードを唱えはじめた。

「ルテル・イ・ノグ・ノ・マーム・ペル・テ！」

タン！

詠唱《えいしょう》と同時に、杖の先端が地面を叩く。ジノたちを支える大地に溶け込むエーテルが、コードに従い変化をはじめる。

夜だと接触面が、火花のように発光して見えるのが手に取るようにわかった。学院に入学したばかりの初心者が、夜中に合宿を組んでまで詠唱の練習をするのはそのせいだ。

空気中の水分を集結させて水へ。さらに冷却して氷へ。氷柱を砕いて粉雪へ。奇跡はジノの目の前でめまぐるしく変化を続ける。

最終的にできあがったのは、ジノやネリンの背よりも高く積み上がった粉雪の山。

ジノは展開杖を地面に置き、杖と一緒に持ってきた鞄の中から、長めのスプーンと赤いシロップの瓶を取りだした。

「食べる？　かき氷」

呆然と目の前の奇跡を見守ってきたネリンは——吹き出した。

「すごい、なんでかき氷っ？」

「……涼しくていいかなと」

「やだもう、涙出てくるよ——」

笑いながら目元をぬぐっているのである。喜んでくれたなら成功だろうか。

とにかく溶けないうちに食べようということになり、ネリンと二人で巨大なかき氷の山を崩《くず》しはじめた。

「くあ、頭にキーンって！」

「気をつけてラティシュ君」

「一気に行くと危険だよ」

「わ、わたしは、冷えすぎたかも――くしゅっ」

「お湯作ろうか!? 火の方がいい!?」

「便利だね、甲種魔術って」

馬鹿な騒ぎに時間を忘れ、頭痛を引き起こし、鳥肌をたて、くしゃみをし、立場を忘れてふざけあって。

「――ほんとに、ありがとう」

食べすぎで冷えた体を震わせ、ジノが魔術で起こした小さなたき火に身を寄せあう。

しゃがみこんだ肩に、ネリンの頭が乗ったのはそんな時だった。

ジノは驚きのあまり硬直し、目の前のたき火から、目をそらすことができなかった。

「ねえ。誰かこれも夢って言ってくれないかな。それなら好きなだけ甘えられるのに。一人じゃなくても、独りは、辛いし――」

ぴしゃん、と。

真っ暗な水面の向こうで、水音が響いた。その波紋が、ジノたちのいる岸辺にまで届いてくる。ジノが思っていたよりも勢いが強い。何気なく顔を向けたジノは、驚愕《きょうがく》に目をむいた。

月明かりに照らされ、目の前の水面から、巨大な生き物が顔を出している。

（竜《リシュ》――）

鱗《うろこ》に覆《おお》われた頑健な頭部。そして長い首。竜脚亜目《りゅうきゃく》。タストニロファウエス。エルト湖のエルーン。

「わあああああああああああああ！」

竜は顎からしたたる湖水を、首の一振りで振り払い、そのままこちらに進んでくる。だんだんとその体が近づいてくる。

苔《こけ》のからみついた巨大な前脚が、水面の上へと現れる。砂の大地を踏みしめる。

「ネリンさん、走ろう！」

隣にいたネリンの手を取り立ち上がろうとするが、彼女は動かなかった。まるで石化の呪《のろ》いでもかけられたように、エルーンを見つめて凍《こお》り付《つ》いている。

「ネリン、ネリン！」

肩をゆさぶる。頼む、気づいてくれ――。

エルーンが咆哮《ほうこう》をあげた。その巨体を、地上で反転させる。ジノはネリンを突き飛ばしたものの、自分が尾をまともにくらってしまった。横っ腹に衝撃。気づけば体ごと後ろの倒木に叩きつけられていた。

「ずるい」

血の味がする口内。ジノは片膝をついたまま顔を上げる。まさか今の声は——竜の声か？

「ずるい。ずるい、ヨ。どうしてあんたバッカリ。そうやって人に頼ってバッカリ。ネリン。ネリン。ネリンネリンネリンネリンネネネネネネェエエリィイイインンン」

長い喉《のど》の奥から絞り出すような絶叫は、またも獣《けもの》じみた雄叫《おたけ》びに変わっていく。

同時にクラクションが鳴り響いた。

草の間から、猛スピードで乗用車が飛び出してくる。

それは全面ド派手なコーラルピンクに塗装《とそう》されていた。ホイール部分は闇夜に光る蛍《けい》光《こう》塗料だ。車は砂地の砂を巻き上げ急停車。助手席と後部座席のドアが開くと、そこからゴードン・ミルトン教官と、アディシリア・グスタフが飛び出してくる。

「せ、先生！　アディ」

「ラティシュ君。そこにいたか！」

頭に寝癖をつけたままのミルトンが、ランタンを片手に近づいてくる。ジノが事情を説明しようとするのを、彼は指で制した。

そのまま竜へランタンを向ける。

「おおい、君！　僕の言葉がわかるかい！　いまそうやって暴れるとね、本格的に捕まるよ。そうなりたくなければおとなしくした方がいい。水の中に戻るんだ」

まるで生徒に語るように、暗い湖面を指さした。

頭上の竜は、瞳を赤く光らせ、荒い息を繰り返すばかり。

雄叫びとともに首を振った。瞳を赤く光らせたまま、さらに突進してくる。

「君のために言ってるんだ――」

ジノは足下に転がっていた展開杖を握り、水平に構えた。

「ディ・ス・ティー・グス！」

杖を地面へ叩きつけると、巻き起こした風の刃が、竜の右前脚を浅く切り裂いた。

「ラティシュ君！」

「ここで杖持ってるの、僕だけですよね。だったら僕がやるしかないですよ」

ジノの想像よりも効果は薄かったが、突進してくる巨体を踏みとどまらせることはできたようだった。

（罰当《ばちあ》たりって言われそうだな）

乾く喉を唾《つば》で潤《うるお》し、目の前の聖獣を見据える。基本の呪文は何にする？　何を足して何を引く？　どうすればあの固い巨体に傷をつけることができる？

平和主義なジノの気質に反して、コードは瞬く間に組み上がった。

だが、そんなジノの背中を、巫女のネリンがつかんだ。

「やめて、ラティシュ君。お願い。マノンを殺さないで……」

解き放とうとしていた、考えつく限り最大出力の実践系甲種《じっせんけいこうしゅ》魔術は、途中で打ち切らざるをえなかった。

彼女は傷つく竜とジノの間に立ちふさがり、嗚咽《おえつ》をこらえきれずに泣き崩れる。

「マノン……？」

その名前は、彼女の姉の名前のはずである。湖に落ちたと。彼女自身の口でそう言ったのだ。

「ちゃんとマノンだもの。私がいけないの。私がマノンを、怒らせたりするから……」

「待ってよ。だって君らは――」

「君たち二人は、魔女と契約をした。それに間違いはないね？」

ミルトンの確認の声が、ジノとネリンの間に割って入る。ネリンが泣きながら頷いた。

今も目の前には、ジノが図鑑で見てきたタストニロファウエスそのままの竜が、確かにいるのに。

本当に紙の上そのままの竜が——。

「……マノンが。これしかないって、言ったから……」

ネリン・フィールズ。マノン・フィールズ。

二人はエルト村の片隅に、双子の姉妹として誕生する。

この二人がなんの屈託《くったく》もなく遊び回れたのは十歳になるまでだった。両親を相次いで亡くした二人は、村長のタグ・シモンズの屋敷で下働きをはじめる。

「つらかった」

頼る者のない暮らしは、少女たちの想像以上に厳しかった。歯を食いしばり身を寄せ合い、いじめや折檻《せっかん》さえ普通の生活を三年、耐えた。

そして二人が十三歳になったばかりの頃、姉のマノンが言い出した。

——巫女になればいいのよ。

——選ばれさえすれば、みんな私たちのことを大事にしてくれる。

——旦那様やお嬢様だって、本当にエルーンを呼べるような巫女を叩いたりなんかできないわ。

その日、妹のネリンはつまらない失敗を重ね、『旦那様』シモンズ氏の折檻を受けたばかりだった。日の当たらない使用人部屋の片隅で、ミミズ腫《ば》れの残る妹の手をなで、マノンはその方法を語りはじめた。それが――。


「……巫女になる、って……？」

ジノは困惑《こんわく》を隠せず、呟いた。

彼女の言っていることが、にわかには理解できなかった。

「私は、巫女の役。マノンが、竜の役。はじめは良かったの。ちゃんと役割分担できてたの……」

「ち、ちょっと待ってよ。これが人間だっていうの？　どこからどう見たってタストニロファウエスだよ。幻《まぼろし》でもなんでもない」

「違うの。幻じゃないけど、本物でもないの。これは、魔法をかけてもらったマノンなの――」

「だから。魔法なんてこの世にないよ。あるのは乙種と甲種の魔術だけだって。どっちも万能なんかじゃないよ」

「頼んだの。悪いのは私なの」

泣きじゃくるネリンは、それ以上言葉にならないようだった。

ジノは訳がわからず、隣にいたミルトンの顔を見た。

ミルトンは頷き、落ちかけた眼鏡を上へと押し上げる。

「そうだねえ。いわゆる人間を、完全な竜に変えようと思ったら、かなり難しいと僕も思うよ。僕ら人間は竜と同じ時代を生きたことがない。だから竜がどんなものかを知らない。どんな風に考えどんな風に走りどうやって餌《えさ》を取るのか知らないものを生み出すことはできない。だがねえ、たとえば何かの本を参考にして、見た目を再現する手はなくもないよ。魔女の魔女術《ウィッチクラフト》とかね」

魔女。かつては弾圧の対象にもなった、異能の女性たちの総称だ。独自の価値観の中で生き、術のメカニズムはほとんど謎のままだと聞いている。甲種魔術が全盛になったこの時代においてもなお、大半が神秘のベールに包まれている。

震えて訴えるネリンの背中を見ながら、ジノは確認せずにはいられなかった。

「君は……魔女に、会ったの？　お姉さんを竜に変えてもらったの？」

ネリンは、静かに頷いた。

「そう。頼んだの。あの人に——」

ジノは振り返った。ド派手ピンクのスポーツカー。その運転席のドアが開き、一人の女性が降りてくるところだった。

豊かな銀髪を奇抜に結い上げ、スタイリッシュな赤いドレスを、問答無用とばかりに着こなしている美女。

「ハイ、ごきげんよう。冴《さ》えないマノン。泣き虫のネリン。どちらもお元気？　答えは三十字以内でお願いできる？」

フレイだ。作家と名乗ったフレイ。

彼女は高いヒールの足で砂地の岸辺に立つと、あらためてサングラスを取って目を細めた。闇でいっそう輝く美貌だった。

「ミス・フレイ。ご覧の通りの有様ですよ。なんとか間に合いました」

ミルトンの言葉に、フレイは指先で唇をなでながら一瞥する。

まさか、こんな風体の彼女が。『究極の理不尽』とも呼ばれる魔女なのか——？

「ねえ、ネリン。これはいったいどういうこと？　あなたたちったらもう仲間割れ？　万事解決、幸せになるんじゃなかったの？」

「フレイ様——」

ネリンがくしゃくしゃの顔で涙をぬぐった。

「わ、わたしが悪いんです。わたしが弱かったから。一人でちゃんと立てなくて、マノンをいらだたせるような真似《まね》ばっかりしたから。だからマノンが怒ってるんです。お願いします。マノンを助けてあげてください」

背後の竜が、大きく尾を地面へ叩きつけた。まるで癇癪《かんしゃく》を爆発させているようにも見えた。

「マノン、マノン、もういいの。怒らなくていいの」

「でもねえ。助けるって、どうするの？　今度はどこの誰を竜にすればいいの？　図鑑をまた持ってきてちょうだいね。見本があればなんとかするから」

「わ、わたしを……この間と同じタストニロファウエスにしてください」

傷ついた竜の脚に、ネリンが抱きつく。濡れた巨体が白い巫女装束を汚すが、懇願《こんがん》は止まらなかった。

フレイは黙って、そんな彼女の姿を見守っている。そこだけ違う空気。切り取り線が見えるような超然とした美貌で。一段上の高みで。

もしかしたら——魔女の視線で。

「それでマノンを、元の人間に戻してあげてください。お願いします。お願いします——」

「陳腐《ちんぷ》な答え。長すぎるし却下《きゃっか》」

あっさりとしたものだった。

「いいこと？　陳腐な小娘ネリン。女なら効率というものをよくお考えなさい。一度は聞いてあげたけど、私みたいな美しくてゴージャスが似合う女に小娘の涙が何度も効くはずないでしょう。使う相手が間違ってるの。この私を動かしたかったら、もっとおもしろいこと言ってちょうだい。激しく熱くて！　あっと驚く展開で！　せつなくてうっとりもできて！　一冊本が書きたくなるぐらいのシナリオがいいわ。さもなきゃお金。私を贅沢《ぜいたく》させせなさい」

「そっ、そんなの無理です。わたしたちただの子供で、お金なんて」

「その泣き顔で少年一つ落とせたのよ。やろうと思えばできることなんていっぱいあるでしょう。どうせならそうねえ——」

　フレイは昂然《こうぜん》と顎を持ち上げ、竜に向かって指をさす。


「時よ戻れ止まれ」


　たった一言だった。

　その一言で竜の外見が、ジノたちの目の前で溶けていく。質感を失い、輪郭《りんかく》を失い、色を失い、やがて湖の岸辺に、生まれたての姿に戻った少女が立ちつくすことになる。

　その顔立ちは、今にも泣きそうだったが、ネリンによく似ていた。

「マノン……！」

「まずは聞いてみたら？　向こうは向こうで、言いたいことが沢山《たくさん》あるみたいよ」

　ネリンが驚きながら、マノンを見つめる。マノンも驚きながら、ネリンを見つめ返す。

「……私、戻ったの？」

「戻ってるよ、マノン」

「戻った……」

　マノンは自分で自分の体を触り、両手で抱きしめる。

　ネリンが、せきを切ったように喋りはじめる。

「ほんと、ごめんね、マノン。地上のどこにいてもね、ずっとずっとあなたの声は聞こえてたよ。わたしのこと見ててくれたよね。悔しかったよね歯がゆかったよね。わたしばっかりって思っても仕方ないよね――」

「なにそれ。そっちこそ私のことなんて忘れちゃってたんじゃないの⁉　声なんて、底にいたらほとんど聞こえなかった――」

互いに語尾が消えていくのは、互いに勘違いをしていたからかもしれない。

「……水の中で一人は、怖かったよ」

「……陸の上で一人は、怖かったよ」

互いの言葉が重なり、瞳には涙が光った。

「あなたに忘れられてるんじゃないかって」

「あなたに恨《うら》まれてるんじゃないかって」

ネリンがマノンに飛びつき、強く抱きしめる。

「「ごめんね。もうぜったい一人にしないから――」」

二つの声が重なり解け合う。もう二度と離れないように。すれ違うことがないように。

そしてジノたちの目の前で、エルト湖の竜と、竜の愛でし児は消えたの――かもしれない。

＊＊＊

そして残るのは、生身の双子の姉妹である。

「もう離ればなれになるのは嫌、ってことだよね」

「たぶん」

「そう」

「うーん……だよねえ……」

まず考えなければならないのは、現実的な身の振り方と言えた。

ジノは手を繋《つな》ぎ合《あ》う二人を前に、かなり真剣に考えたのだ。

「……たぶんさ、竜に化けてたってシモンズさんたちにばれたら、相当怒られるよね」

「それはもう」

「絶対」

ネリンとマノンが、怯えを隠さず答えた。使用人としてきつい扱いを受けていたというだけに、それだけは避けなければならない。

「と、とにかく逃げる。夜が明けないうちに逃げる。それしかないよ、ネリン」

「マノン……！」

二人は悲愴《ひそう》な顔で頷きあう。だが、身一つでそれは難しいことのように思えた。

「どうにかなりませんか先生」

「うーん、どうにかならないですかね、ミス・フレイ」

あ、丸投げしたこの大人。

このまま夜逃げルート一直線かと思ったが、当のフレイは別の提案をした。

「はん。貧乏くさいわね。つまらないから弟子ってことにしてあげる。乗ってきなさい」

コーラルピンクの車のボンネットに腰掛けながら、こともなげに言うのである。

「い、いいんですか!?」

「いいかげんこの村で書くものも書きつくしたし。これで文句はないでしょう？　ドクター・ミルトン」

ミルトンが笑って手を叩いた
「もちろんですともミス・フレイ。ちゃんと優しくしてあげてくださいよ。彼女たちは才能もある」

ネリンとマノンが、涙まじりに手を取り合う。

「さあ二人とも、このわたしの弟子になったからにはわかっているでしょうね」

「はい。マジメにがんばります！」

「違うわ。そのだっさい格好と髪型をどうにかするのよ。街に行ったら覚悟しなさい。美容院とブティックと靴屋《くつや》とネイルサロンで赤むけするまで磨《みが》きあげてあげるわ。いいこと、女は磨いてなんぼよ！　復唱！」

「「み、みがいてなんぼっ」」

ある意味、可愛がってもらえるのかもしれない。

ジノは思わず、横歩きでミルトンに近づき、小声で尋《たず》ねていた。

「あの、先生。先生は……あの人が魔女だってわかってたんですか？」

「んん？　そりゃあ彼女、この道じゃ有名な大魔女だからねえ。通称フレイ・ザ・レインボウ。得意技は変化《へんげ》の術。見た目はあれでも、リリカ・ザ・ベストと張り合うぐらいの大ベテラン――」

「じ、じゃああの顔も実は」

「めくらましだともっぱらの噂で……」

「ひいぃ」

「そこの辛気《しんき》くさい魔術師コンビ。何を話しているの？　二十字よ」

ジノとミルトンは蛇に睨《にら》まれたカエルのように声を途切れさせた。

「美しい女性のすばらしさと」

「未来への貢献《こうけん》について、です……」

「だいたいわたしは、人に頼まれた時しか魔術は使わないわよ。リリカの時だって教会がうるさいから頼むって話だったのに、楽しんでるんじゃないかしらね、あれ……」

なにやら思い出したことがあるらしく、後半はぼやきに近くなっていた。

「怖い人ですよ」

ミルトンは小声でこぼした。

彼は目の前のフレイがただの人間でないことに気づき、あれこれ話を聞き出しているうちに、今回の顚末《てんまつ》にたどりついたらしい。大魔女との間に、艶《つや》めいた話などなかったのだ。

「あとはうん、あれかねえ。エルーンがあんまりにも整いすぎてたってのもあるか。しょせん竜の図鑑なんて化石から起こした想像図にすぎないのに、色も形もそのままだ。ああこりゃ乙種の何かがからんどるなと」

言われてみればその通りなのだ。すんなりと思いつく回答に、ジノはたどりつくことができなかった。

一度ついてしまった先入観は、たぶんアディがいたせいで——。

「ちょっと待ってください」

そのアディが言った。

彼女は、ジノたちから一歩離れた場所に立っていた。

いつもと変わらぬ、淡々とした表情でジノたちを見ていた。

「意味がわかりません。まさかこのまま公表も何もしないですませる気ですか？　報告書にはなんて記載すればいいんでしょう」

和《なご》やかになりかけた雰囲気が、一気に冷え込んだ気がした。

「いや。ま、待ってよアディ。今はそんなこと言ってる場合じゃないだろ」

「なぜ？」

「ネリンさんたちは、周りの仕打ちで仕方なくやってたことなんだよ。見つかったら何されるかわからないじゃないか」

「でも騙《だま》していたことには変わりないわ。私たちまで嘘をついてまでかばう必要があるの？」

視線が真っ向からぶつかった。

「……ジノ君は、甘いのね」

「君は厳しすぎるよ」

うめくように呟く。以前にもこんなやりとりをしたような気がする。

彼女と自分。たぶん根本的なところで食い違うのだ。

「先生――」

「うん。僕ぁ、一つ二つ筆がすべってもかまわないと思うけどねえ」

「ほら」

「納得できません。真理を追究するのが学院の学徒のはずです」

「そうとも言うねえ」

「ほら」

ほらほらほらほら。ほらの応酬《おうしゅう》。だからジノもアディも、どちらも譲《ゆず》らない退《ひ》かない一歩たりとも。

「部長……あのさ」

ついにジノはその場に、膝をついた。

「僕だって本当のことは、大事だと思うよ。だけど誰のことも幸せにしない真実は辛いよ。たまには優しい嘘が必要な時だってあると思うんだ。だから頼むよ、部長——」

頭を下げて、折れてくれと頼みこんだ。今のジノにできることはそれだけだったのだ。

どれだけそうしていただろう。

「——優しい嘘、ね」

アディが小さく呟くのが聞こえた。

まるでおためごかしのお題目を聞かされたように、そっけない声だった。

「わかったわ——今回はそれでいきましょう」

「ほんとうっ」

「貸し一つよ、ジノ君。いつかちゃんと返してね」

ジノは大きくうなずいた。

振り返ればネリンたちが、泣き笑いでこちらを見ている。

ああ良かったと素直に思った。これで彼女たちは大丈夫。ジノは本当にほっとして——

ほっとして——その場で昏倒《こんとう》した。

「ジノ君!?」

叫んだのは、誰だったろう。はじめにぶつけた傷の痛さにもんどり打ちながら、視界は徐々にブラックアウトしていった。


そして気がつけば、アディの顔が見えた。

月の明かりに縁取《ふちど》られた姿は、とても綺麗だ。

ジノは湖近くの草地に寝かされていて、頭はアディの膝の上にある。まるで膝枕のような状態だ。

「部長……？」

「やっと起きた？」

ロマンチックな体勢の割にはそっけない声。だが、確かにアディリシアだった。

「みんなは……」

「フィールズ姉妹と魔女フレイなら、もう逃亡済み。周りに見つかる前に移動した方がいいでしょう」

「あ、なるほど……」

そう言われればそうかもしれない。

トラブルなく脱出できるなら、それにこしたことはない。

ただちょっと——寂しくはあった。最後の挨拶《あいさつ》もできなかったとは。

（たぶんもう会えないよなあ）

けっこう仲良くなれたと思ったのに。難しいだろうなあ。そうだよなあ。

複雑な想いのしょっぱさが、顔にも出ていたらしい。

「かわいそうなジノ君。ちっともむくわれないのにお人好しはやめないの」

「そういう言い方、しないでくれよ……そういう君はどうだって言うんだよ」

けっきょくのところ、フレイとミルトンの間には、何もなかったようだが。

「どうして私の話になるの？」

「とぼけるなよな。さんざん先生のこと追っかけて――」

言いつのる声の途中で、ぷっと吹き出す声が聞こえた。

ジノたちは、声の主の方を見やった。

「君たち、ほんとに仲良しだねえ」

ゴードン・ミルトンが、少し離れた砂地に座り込んでいた。小さなランタンの明かりに照らされた砂利を、片手でもてあそんでいる。

アディは真顔で抗議した。

「仲良しに見えますか？」

「あの、アディ。僕、席とかはずそうか――？」

「いいえジノ君。このさいだから、私と一緒に聞いてちょうだい。先生、ミルトン先生」

うわあいきなりか。耳をふさぎたい。

「私は、先生に――研究を続けていただきたいんです！　本当の本気で！」

研究、というその一言に、ジノは目を丸くした。

「今までずっと言ってきましたよね。イエスと言うまで口説き続けるって。いくら先生が不真面目なふりをなさっていても、目を背《そむ》けようと努《つと》めていても、先生は知りたいことから逃れることなんてできません。だってこんなお仕着せの調査だって、先生は適当にはできないんです。ここそこ隠れて真相を探ろうとしたじゃないですか」

「あれはね、グスタフ君。こっちだって確信がもてなかったから仕方なかったんだよ」

「それこそ真実を至上とする探求心のたまものですよね。ありとあらゆる可能性をおろそかにしない。すべてを疑ってかかる。そこから全ての真理の扉は開くと、おっしゃったのは先生です」

ミルトンの顔から、いつも張り付いていた笑みが消えていくのがわかった。

惚《ほ》れたはれたなど、そんな生やさしい動機など消し飛ぶ勢いだった。

研究をしろと訴える彼女の手は、膝元のジノの手を握ったまま小刻みに震えていた。本当に彼女は『勝負』をかけていた。

「先生の手は、いつでも真理の扉のノブを探しています。私は先生の後ろにいるからわかるんです。ジノ君もそうです。私たち、みんな魔術師じゃないですか」

ミルトンは——小さく息をついて、「魔術師ね」、と続けた。

「何か問題でも？」

「そうだねえ。僕ぁ昔からね……ちょっと考えてきたことがあるんだよ。人間は大地から産まれて大地に還《かえ》る。大地のエーテルを奇跡の媒介《ばいかい》に使えるのも、人間が大地の眷属だからだ。でもたとえば魔女のことだよ。彼女らはどうして地面にエーテルがなくても奇跡を起こせるんだろうねって」

小石を拾い、手の中でもてあそぶ。

ランタンの明かりで、ガラスのような光沢を放っているのがわかった。きっと化石か何かが混じっているのだろう。それを湖に投げる。落ちれば水面に波紋ができる。

「単純な疑問だと我ながら思うよ。説明できる仮説もいくつか考えついた。たとえば聖獣眷属論って言ってね――」

彼はその場で、一つの考えを語りはじめた。

それはある意味とてもシンプルで、無駄がなく、何より――斬新《ざんしん》すぎた。

聞き終えたジノは、思わずこぼしていた。

「……ちょっと待ってください先生。なんでですか。これ、なんでちゃんと発表しようとしないんですか」

少なくとも発表さえすれば、今のようなやる気のない窓際教官のような扱いは受けないに違いない。ユスタス・ボルチモアの再来と言っても大げさではないだろう。

「うん、そう思ったこともあったし、一緒に手伝ってくれる人もいるにはいたんだが……」

ミルトンは答えるかわりに、その場に立ち上がった。

「お、いいね。そろそろ夜も明けそうだね」

「「先生！」」

叱られて観念したのだろうか。

「そうだよ。確かに君らの言う通り……逃げてもはじまらないのかもしれんね。なら、しばらく見守っててくれないかね。そうだね、一カ月ぐらいたったら――」

ジノとアディはそんな彼の言葉を、証人のような気持ちで聞いた。二つの耳で、二つの心で、聞いたのだ。

「家族をなくした」とこぼした、以前の彼の言葉を忘れて。そのこと、後で死ぬほど後悔するとは思わずに――。

＊＊＊

――二カ月後。首都カイゼル。

「僕、部長はミルトン先生のことが好きなんだと思ってたよ」

交通量の多い交差点で、信号が変わるのを待ちながら、ジノは言った。

エルト村から帰ってきて、ジノたちは報告書の作成に追われた。本来これを書くべきミルトン教官が、自分の研究を進めることに集中したせいで、本来の竜調査に関してはジノたちで片づけざるをえなかったのだ。

調査の途中で竜が消え、巫女まで失踪《しっそう》した今回の件をどう取り扱うべきか、ジノは禿《は》げそうな勢いで頭を使った。なんとか体裁をとりつくろい、報告書は無事学院の方へ提出された。氏の教官としてのポストは、これでひとまず守られたということだ。今日はそれを祝して、ジノたちに奢《おご》ってくれるという。

あの研究が進みさえすれば、こんな点数稼《かせ》ぎをする必要はなくなると思うが、タダ飯が食えるというのに拒否する理由はない。

隣には部長様もいることだし。

「——間違ってはないと思うわよ？」

「そうじゃなくて。なんていうかさ、恋愛感情的な意味で」

別に今さら触れるほどのネタでもなかったと思う。時間もそこそこたっていた。あえて蒸し返して口にしたのは——ただの気分で成り行きだ。

「君がミルトン先生のことばっかり口にするからさ、僕もきっと腹がたったんだよ。きつくなったのは、たぶんそのせいだよ」

隣に立つアディは、ジノよりさらに小柄で、肩の下からジノを見上げている。ジノ君は甘いね。その通りだ。君の言う通りだ。だから大した計算も駆け引きもせずにここにいる。

思ったことをそのまま、気づいたことをありのまま、ノーガードでぶつけてしまっている。

「ま、それだけとも言うね。行こうか」

信号が変わったので、ミルトンが待っている待ち合わせ場所目指して歩き出した。

そのまま横断歩道を渡りきろうとしたところで、「待って！」とアディの声が響いた。

こちらに向かって走ってくる。一心不乱、雑踏を行く人という人にぶつかりそうになりながら、制服の肩を上下させ、苦しげに息を弾ませ、ようやくジノの前にたどりついたかと思うと、その場に膝をついてしまう。

「部長！」

「…………………………あんまりよ、ジノ君。そんな心臓に悪いことを簡単に言わないで……」

彼女の場合、本当に心臓に欠陥ありなので、このセリフは洒落《しゃれ》にならなかった。

ああ、なんか息ができてないっぽい。本当に顔色が青白くなっているし。

「ねえ、大丈夫？　誰か呼んだ方がいい？　薬は？」

「大丈夫ですか？」

ふと見上げれば、見知らぬ大人が二人、人混みを割って近づいてきた。

一人は銀縁の眼鏡をかけた若い男で、もう一人は一回り上の中年男だ。ともに黒の帽《ぼう》子《し》をかぶり、同じ黒のダークスーツを着ていた。

「発作かい？　苦しそうだね」

「……お医者さん、ですか？」

「残念ながら違うよ。だが楽にするぐらいはできる」

中年男の方が、右手を差し出して、しゃがみこむアディの背に触れた。唇から漏れるのは、耳慣れない祈りの言葉だった。

「主よ、我を造り給いし偉大なる地の者よ。今ここに祝福あれかし」

その指先が淡く光る。

(司祭の――祈禱《きとう》？)

アディの頬に、見る間に血色が戻っていくのがわかった。呼吸も正常に戻っていく。嘘のようにあっけなく。

「あ、あのっ」

「それじゃあ、元気で。大地《ザフト》の聖なるかな」

聖職者らしい男たちは、それを最後に人混みの中へ消えていった。これもまた嘘のようにあっけなく。

彼らがやって来た道の先には――ゴードン・ミルトンが立っている。

明かりがつきはじめた街灯の下、どこか焦点《しょうてん》の合わない顔で、呆然と立ち続けている。

まずは、アディが呼びかけた。

「先生？」

「お――ああ、君たちか。どうしたんだい二人して」

見た目はいつもと変わらない。よれたズボンと毛織りのジャケット。ぼさぼさの白髪交じりの頭。人の良さそうなとぼけ顔。

けれどジノたちは笑わない。まだ笑うことはできない。

ジノは再度、確認するために訊《たず》ねた。

「先生――僕たち、先生に奢ってもらえるんですよね。忘れてないですよね？」

「わかってるわかってる。大丈夫だよ財布《さいふ》の方は。君らにはいろいろ手伝ってもらったからね」

「そうです。先生が聖獣眷属論をまとめるのに忙しかったからです」

ゴードン・ミルトンは、笑顔から一転、虚をつかれたように目をしばたかせた。

「せい、じゅう……？　ん？　ごめん。誰のなんの論文の話だって？」

その瞬間、後ろにいたアディが走った。弱った体もかえりみず、駆けて駆けて駆けて角を曲がる。

だが遅かった。あの二人の姿はなかった。目の前には大きな現代建築の屋根が見える。あれは――。

ニルス＝アギナ大聖堂。

午後六時の鐘《かね》が鳴り響いた。リンドン、リンドン。高い屋根にとまっていた大量の鳩《はと》が、いっせいに飛んでいく。

「……やられた」

その中でアディは、再び膝をついた。

「こういうことなの――先生――！」


今から数週間前。ジノたちはミルトンから話を聞いたのだ。


――一カ月か二カ月ぐらいしたら、もしかしたら何かあるかもしれないね。

森の木々に囲まれたエルト湖のほとりで。明けゆく東の空を拝みながら。世間話のついでのように。

彼は言った。


――んー、何があるかって？　それは言えないよ。僕にもよくわからないんだ。同じ手口で来るとはかぎらないしね。

――でももしそうなったらね、君たちはすっぱり手を引きなさい。

――僕のことなんて忘れて生きてくれよ。

――たとえ話だけどね。

――神様を一番に守る人たちはこわいよ。

何がたとえ話だ。

本当じゃないか。全部みんな本当のことじゃないか。

そういうことか。これが『怖い人たち』のすることか。そういうこと、だったのか——。

「ジノ君」

石畳の上にしゃがみこむアディが、押し殺した声で囁いた。

「これって私のせい？　私が、無理に発表させようとしたから、だから先生の記憶は——」

「違う。違うよ部長！　それはちがっ」

「でももう先生の中にはなんにもないじゃない……！」

小さな肩が、背中が震えていた。その瞳からは、大粒の涙がこぼれ落ちていく。

「この世で一番辛いことってなに？　先生は、一度奥様と離婚されてるわ。一緒に研究をしてらした奥様よ。何でそんなことになったのかなんて……知りたくもなかった。ただけしかけただけ。ちゃんとフォローすることもできないくせに……知ろうともしないくせに……ただ先生の考えていた世界が見たかったから……それだけの理由で……私……」

「部長……」

「——ねえ、ジノ君。お願いがあるの」

そして完全な嗚咽にかわる寸前。彼女は小さな声で言った。

「この間の貸しを返してもらうなら、今がいい」

振り返る。子供のように、拳で涙をぬぐいながらこちらを見上げる。そのまなざしの強さがジノの心を捕まえる。

「ジノ君の気持ちにつけこんでとか、そういうことは言わない。私とジノ君は対等よ。同じゴードン・ミルトン先生の教え子よ。最悪、私のこと嫌いになってもいい。とっても辛いけどそれでもかまわない。そのぐらいの気持ちでお願いするわ」

だから、と彼女は続ける。

「ジノ君、ジノ君、約束を守ってね。私はこれから沢山の人を敵に回すけど、あなたは私の味方でいてね」

急に飛び出していった教え子二人を追って、ミルトンがやってくる。けれどもう彼の中にあの仮説は存在しないのだ。

「この世って、世界ってとっても面白いのよ――」

彼が語ってくれたこの世界の有様は、とても自由で美しかったのに。

消えてしまった。目の前の教会に所属する人たちの手によって。

（ああ）

そうだね、アディ。アディリシア。乙研の部長様。

もし君にその覚悟があるなら、僕も君の側にいてあげるよ。味方でいてあげるよ。

これ以上、目の前の彼女を泣かせるのはごめんだった。

長い約束の日々の、たぶんこれがはじまり、はじまり。

路上で泣き続けるアディの肩を、ジノは黙って抱いた。それがジノなりの答えになるはずだった。

3

彼女がひどく動揺したのは、後にも先にもあれきりだったと思う。

そして一年近くがたった今も、約束は守られ、たたかいは続いている。

ザフト正教会を相手に立ち回るというのは、こちらが思っていたより骨の折れる作業だった。単体では無理だと悟《さと》ったアディが選んだのは、カイゼル・ギャングの親玉に取り入るという捨て身の技である。

（……アディの占いが使い物になったのが勝機だったんだよな）

あちらの世界は実力とはったり重視で、どこに出してもふてぶてしいアディリシアは意外に水が合ったようだった。もちろん、ありとあらゆる心配を、こちらにかけつつではあるが。

そのまま会員制クラブで人気占い師『シスター』にのしあがったアディリシアを、同じ店の用心棒としてフォローしてきた。なめられないようにという彼女の厳しい演技指導のもと、努めてキャラを変えるようにしていたら、すっかりチンピラ思考が板につい

てしまった。今では意識しないと元に戻れない。

(肩書きもチンピラかもしれないけどなー)

さようなら平凡な日々。本当にもう、どうしてこうなった、だ。思わず自嘲《じちょう》したくもなる。


——ジノ君、ジノ君、もうちょっと悪そうな感じでがんばってよ。

——髪型を変えてみましょう。

——また一人、上玉のお客さんをゲットしたの。

——密輸船に乗り込むのが一番早そうね。

——コネはいくらあっても足りないわ。

——あとはお金と健康。

——ほらジノ君、ジノ君、この術ステキ。私、ちょっとこれ使って死んでみようと思うの——。

——ジノ君、ジノ君、ジノ君ってば。


「はいはい、わかってますよ部長」

ネイバーは見ていた図鑑を閉じると、あらためて物の減った乙研の部室を見回した。

はじめにこの部室を訪れた時を思い出した。電球の傘にぶら下がっていたアディリシア。下で支えていたミルトン教官。絶叫する自分。

たまにメリエルが怒鳴り込んできたり。

似たようですこしずつ違っていた放課後。


「さよなら」


素直に別れの言葉は出た。

あの日々はあの日々で、今はまた別に走り出していることがあるから。だからもういいのだろう。

アディリシアが魔術で眠っているぶん、自分で瞳に強く焼き付ける。

教えてあげる日は、半年ほど先。決戦の時だと聞いている。

そしてジノ・ラティシュことネイバーは、誰もいない部室を後にした。

振り返りはしなかった。

放課後《ほうかご》のアディリシア　了

あとがき

どうもこんにちは、竹岡《たけおか》です。おひさしぶりです、竹岡です。みなさまいかがお過ごしでございましょうか。

仕事場ベランダのゴーヤーが、日に日にもっさり伸びていく今日この頃。

大事な実の収穫時を見極めているうちに、熟しすぎて爆発！　がっかりのコンボにも慣れました。

ところでみなさん知ってます？　ゴーヤーの種って熟《う》れるとそりゃあけばけばしい赤になるんですよ。それが爆発→内側から真《ま》っ赤《か》な種が吹き出てべろーんの構図は、内臓っぽくてけっこうグロいです。


それはそうと、百億《ひゃくおく》の魔女語《まじょがた》り、外伝《がいでん》のお届けです。

ＦＢオンラインで連載していた三話に、書き下ろしの四話が付いています。

スピンオフ的な話も作れたらいいねというのは、本編を立ち上げる段階からも出ていた話で、こうして形にすることができて大変うれしいです。

ちなみに中身ですが……本編では台風の目になっている『妹』、アディリシア嬢《じょう》。その根性悪な性格と動向を、人畜無害《じんちくむがい》なクラスメイト、ジノ君の視点から書いてみました。魔法《まほう》で学園的な話は一度書いてみたくて、脳みそ筋肉なお兄ちゃんの物語とは、いろいろな意味で対照的なノリになったと思います。

以下、簡単ですが解説でも。


『魔術書戦争』

ＷＥＢ連載の記念すべき第一回です。

連載の雰囲気《ふんいき》をつかんでもらうためにも、何か楽しい話を書こうと思ったらこうなりました。ちなみに担当さんと私の間で「魔術書戦争」と呼ばれたことはほとんどなく、「あのエロ本の話だけど～」「そうですねエロ本が書き終わったら～」と、普通に「エロ本」呼ばわりをされ続けた話でもあります。こうしてゲラを見直して、あらためて思いました。こんな立派なタイトル付いてたんだ。エロ本のくせに。

時系列的には、ネイバーのパートが魔術学院《アカデミカ》四年生時代で、アディリシアが魔術で倒れた直後です。そしてジノのパートが魔術学院《アカデミカ》三年生に進級したばかりの頃。微妙《びみょう》にわかりにくくてすみません。

『お呪《いわ》いしましょう』

ジノとアディリシアの出会い編です。

魔女や呪術《じゅじゅつ》、民俗学なんかの資料を見つけに図書館へ行くと、たいてい地下とか一階の北側とかに棚があって、どんより暗くていやんな感じになります。

小説の資料集めというのは、基本的に自分がよく知らないジャンルを重点的に集めなきゃいけないので（調べ物なんですから当然なんですが）、執筆中の本棚は私の趣味からかけ離れた異世界ワールドになってしまいます。

ちなみに百魔女の二巻で常に手元にあったのは、魔術あたりの本ではなく、ホストクラブやキャバクラなどの出店方法を解説した風俗営業のガイド本でした。いやこれが法律にのっとった営業時間の解説とか、キッチンや更衣室を含めた間取り図なんかがいっぱい載ってて便利だったんですよ。

一つ知らないことを調べようとするたびに、余計などうでもいい無駄知識が十個ぐらい増えてくような気がします。

『三分間狼少女』

せっかくのスピンオフ。アルトは出さないと嘘《うそ》でしょうということで。お兄ちゃん登場編です。

この頃はアルトが高等学舎《アッパースクール》の四年生で、ばりばりのクローブ選手やってました。選手権で優勝を果たして、二連覇《れんぱ》目指してプレッシャーもきつかった頃かと思われます。つまりエブリデイ不機嫌。妹も不機嫌。もっともっとアディとの絡《から》みを増やしても良かったかなあとも思います。主に殺伐《さつばつ》と兄妹ゲンカする方向にですが。


『タストニロファウエスは生きていた』


書き下ろし。

なんというか恐竜《きょうりゅう》が好きなんです。

異様に怖がりで、テレビの戦隊ものすら怪人が怖くて見られなかったくせに、恐竜や妖怪の本はにやにや読んでたお子様時代。

生態一つ取っても、いろいろな説があって定まらない謎《なぞ》さ加減がたまりません。なのでこの話の中での竜《リシュ》は、恐竜さんのうさんくささも大いにモデルにさせていただきました。

お次はいよいよ本編四巻です。
すべての謎は禁域《きんいき》にあり。
ご期待ください。

それではでは！

今回ハダカが
多かったアディさ
最後もハダカで

初出一覧

『魔術書戦争』（「FBonline ２０１１・１号」掲載）
『お呪《いわ》いしましょう』（「FBonline ２０１１・２号」掲載）
『三分間狼少女』（「FBonline ２０１１・３号」掲載）
『タストニロファウエスは生きていた』（書き下ろし）

●ご意見、ご感想をお寄せください。
ファンレターの宛て先
〒102-8431 東京都千代田区三番町6-1　株式会社エンターブレイン ファミ通文庫編集部
竹岡葉月　先生　　中山みゆき　先生

●ファミ通文庫の最新情報はこちらで。
FBonline　**http://www.enterbrain.co.jp/fb/**

●本書の内容・不良交換についてのお問い合わせ。
エンターブレイン カスタマーサポート　**0570-060-555**
(受付時間 土日祝日を除く 12:00〜17:00)
メールアドレス：**support@ml.enterbrain.co.jp**

FB Famitsu Bunko

ファミ通文庫
放《ほう》課《か》後《ご》のアディリシア　百《ひゃく》億《おく》の魔《ま》女《じょ》語《がた》り外《がい》伝《でん》

二〇一一年九月九日　初版発行

著　者　竹《たけ》岡《おか》葉《は》月《づき》
発行人　浜村弘一
編集人　森　好正
発行所　株式会社エンターブレイン
〒一〇二-八四三一　東京都千代田区三番町六-一
電話　〇五七〇-〇六〇-五五五（代表）
発売元　株式会社角川グループパブリッシング
〒一〇二-八一七七　東京都千代田区富士見二-一三-三
編　集　ファミ通文庫編集部
担　当　長島敏介
デザイン　仲童舎
写植・製版　株式会社ワイズファクトリー
印　刷　凸版印刷株式会社

定価はカバーに表示してあります。

た6
4-1
1065

ISBN978-4-04-727467-9

ココロコネクトクリップタイム

著者／庵田定夏
イラスト／白身魚

待望の新入部員、登場!?

「新入部員がこなーい！」いつまで経っても現れない新入生に焦りを覚える太一たち。そんな時、文研部の扉を叩いたのは気だるげな男の子と内気な女の子で——。新入部員編に、文化祭秘話、稲葉の奮闘劇から、唯のドキドキ初デートまで！　愛と青春のココロコレクト第１弾!!

7秒後の酒多さんと、俺。③

著者／浅沼広太
イラスト／飴沢狛

既刊 7秒後の酒多さんと、俺。①～②

ダメっ子を応援する青春ラブコメ

異能を失った面堂朗《めんどうあきら》。それでも酒多《さかた》さんをフォローしていこうと決意した矢先、離島のホテルでモデルをしてほしいとの依頼が舞い込んできた！　自由時間にはリゾート満喫OKな贅沢プラン！　朗は酒多さんと夏の思い出をつくれるのか!?　そして、失った異能の行方は――？

ファミ通文庫　　発行/エンタープレイン

バカとテストと召喚獣9.5

著者／井上堅二
イラスト／葉賀ユイ

既刊 1～9巻好評発売中！

嵐を呼ぶ召喚実験ふたたび!?

明久《あきひさ》と雄二《ゆうじ》で喚び出した召喚獣は、まるで二人の子供のようで——って、また惨劇が繰り返されるのか!?「僕と子供と召喚獣」、ドキドキ同居生活を赤裸々に綴る「僕と姫路《ひめじ》さんとある日の昼下がり」他２本で贈る、青春エクスプロージョンショートストーリー集第４弾！

FB ファミ通文庫
発行／エンターブレイン

第14回エンターブレインえんため大賞

主催：株式会社エンターブレイン
後援・協賛：学校法人東放学園

えんため大賞

【Enterbrain Entertainment Awards】

大賞：正賞及び副賞賞金100万円

優秀賞：正賞及び副賞賞金50万円

東放学園特別賞：正賞及び副賞賞金5万円

小説部門

応募規定

・ファミ通文庫で出版可能なライトノベルを募集。未発表のオリジナル作品に限る。
SF、ファンタジー、恋愛、学園、ギャグなどジャンル不問。
大賞・優秀賞受賞者はファミ通文庫よりプロデビュー。
その他の受賞者、最終選考候補者にも担当編集者がついてデビューに向けてアドバイスします。一次選考通過者全員に評価シートを郵送します。
①手書きの場合、400字詰め原稿用紙タテ書き250枚～500枚。
②パソコン、ワープロの場合、A4用紙ヨコ使用、タテ書き39字詰め34行85枚～165枚。

※応募規定の詳細については、エンターブレインＨＰをごらんください。

小説部門応募締切

2012年4月30日（当日消印有効）

他の募集部門

●ガールズノベルズ部門ほか

※応募の際には、エンターブレインHP及び弊社雑誌などの告知にて必ず詳細をご確認ください。

小説部門宛先

〒102-8431
東京都千代田区三番町6-1
株式会社エンターブレイン
えんため大賞小説部門　係

※原則として郵便に限ります。えんため大賞にご応募いただく際にご提供いただいた個人情報につきましては、弊社のプライバシーポリシー
（URL　http://www.enterbrain.co.jp/）の定めるところにより、取り扱わせていただきます。

お問い合わせ先　エンターブレインカスタマーサポート
TEL0570-060-555（受付日時　12時～17時　祝日をのぞく月～金）
http://www.enterbrain.co.jp/